AF189694

Über dieses Buch

Es sind 3 Storys und handeln von Teenagern und
Erwachsenen aus den 50er Jahren.
Juke-Box: Ein junges Mädchen erlebt, wie ein Kaufmann mit
Musikboxen handelt und findet in ihm einen guten Freund.
Hinter dem Mond: lebt ein jungen Mädchen, meistens
allein, welches an einem speziellen Tag erstmals ihre
Aufklärung bekommt.
Welschland: schildert ein Jahr von dem noch nicht
volljährigen Mädchen, welches sich erstmals unter
Erwachsenen allein durchschlagen muss.

Die Autorin

Erica-Laurence Schneeberg wurde als letzte Tochter eines vier Mal
verheirateten Schweizers, während dem 2ten Weltkrieg 1944 in
Zürich geboren. Die ersten drei Jahre war sie in einem Kinderheim,
ihr Vater, wieder Wittwer, stand an der Front. Nach 6 Jahren
Volksschule, und 2 Sek., flog sie von der 3ten Sekundarklasse
wegen sechs Wochen überspannter Sommerferien. Zuerst ging sie
ins Welschland in eine Autobahnraststätte. Sie war in Zürich Lift
Girl, Foto-Laborantin, Bürohilfe, absolvierte die Fachklasse für
Grafik an der Kunstgewerbeschule mit Diplomabschluss, arbeitete
einige Jahre in Werbeagenturen, besuchte in Abendkursen das
Konservatorium, errang den Gitarrenlehrer-Ausweis. Zuletzt
arbeitete sie an Musikschulen und da der Lohn nie reichte, auch
als Putzfrau in einer Bank. Sie hatte Auftritte in Italien und einmal
mit einem Orchester bei einer Freilicht-Aufführung mit dem
Komiker Jörg Schneider. Ihr letzter Auftritt war bei der Einweihung
des Hotels Marriott in Zürich. Sie arbeitete bis zuletzt kurz vor ihrer
Pensionierung als Musik-Lehrerin in Gitarre, Ukulele, Zither und El
Piano/ Keyboard.

Erica-Laurence Schneeberg

DIE JUKEBOX

witzig und humoristisch, sowie überraschend

Bibliografische Information der Deutschen Nationalbibliothek: Die Deutsche Nationalbibliothek verzeichnet diese Publikation in der Deutschen Nationalbibliografie, detaillierte bibliografische Daten sind im Internet über http://dnb.dnb.de abrufbar.

© 2018 Erica-Laurence Schneeberg

Umschlaggestaltung BoD

© Grafiken, Illustrationen: Die Autorin
Photo von Joe Mabel Jukebox FilbenMaestro.
BemLoira Jukebbox Devassa. 1 Grafik by
PaulSherman Jukebox Fifties.
@ 2018 Herstellung und Verlag
BoD - Books on Demand, Norderstedt

ISBN : 9 783748 127987

Inhalt

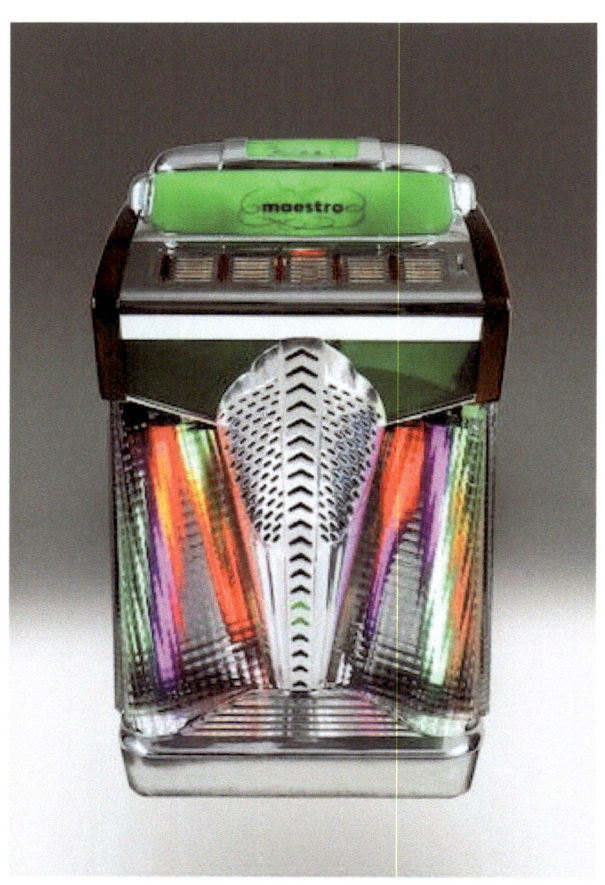

Filben Maestro, Photo by Joe Mabel

Die Jukebox

In einem eben aufwachsenden letzten Bezirk am Rand der Stadt Zürich gab es einen beliebten, wie attraktiven Anziehungspunkt, das Tearoom Karrer. Es gab da Musik, und das von einer Juke-Box. Vor dem Café hatte es auch noch genügend Platz für eine Gartenwirtschaft, welche immer voll besetzt war. Hinter dem Gebäude war ein grosser Parkplatz, worauf die schönsten Amerikaner-Autos parkierten.

Es war im Jahr 1959, als die noch wenig bekannten Musik-Boxen viel Interesse auf sich zogen. Neben einer solchen farbenschillernden Box, an einem kleineren Tisch, sass ein elegant gekleideter Herr mittleren Alters. Er trug einen dunklen Anzug mit weissem Hemd, schmalen Hosen und brillianten weissen Schuhen mit schwarzen Kappen und erhöhtem Absatz.

Die Box spielte einen Song von «The Platters», R&B aus 1955**, «Only You».**

Ich, damals ca. 15jährig, sass an einem Nebentisch, und betrachtete bewundernd diese glänzenden Schuhe. Die elegante Erscheinung

1

bannte meine Aufmerksamkeit auf ihn. Seine schmale Stirn, wie sein Antlitz, hatten, wenn man einen Tiervergleich heranziehen möchte, etwas von einem stolzen Ziegenbock. Sein dichtes, zur Seite gekämmtes Haar war pomadisiert, dunkel, und an den Schläfen grau meliert. Er hatte einen Schnauz. Seine blau-grauen Augen blitzten schelmisch im Lokal herum.

Auf seinem Tisch lag ein kleiner Stapel mit Single-Platten. Er durchblätterte sie sorgfältig, zog eine hervor, machte sich Notizen und begann wieder von vorn. Die ganze Zeit beobachtete ich ihn, aber er liess sich nicht aus der Ruhe bringen.

 Dann stand er auf und warf eine Münze in die
Juke-Box. Durch ihre rundgebogene Glasscheibe
flimmerten ihre Regenbogenfarben und aus dem
Sockel reflektierte das Licht in den Raum, mal rot-
violett über blau und gelb bis türkis und azur.Wie
magisch nahm sie ihren Platz ein und dominierte
in eigenartigem Kontrast die Tea-Stube.

Er wählte eine Melodie von Paul Anka, **«Diana»**, die verbreitete sich wie berauschend im Raum. Er setzte sich wieder und sein Blick streifte mich flüchtig. Dann ging er wieder zur Box, warf auch einen prüfenden Blick in meine Richtung, und wählte erneut. Diesmal die Everly Brothers: **«All I Have to Do is Dream»**, aus 1957.

Es war Nachmittag, ich sass vor einer Vanille-Eiscrème, lauschte verzückt, und beobachtete die Szene rundum im Lokal.

Der Wirt kam aus der Küche und setzte sich zu dem eleganten Herrn. Sie begrüssten sich wie zwei alte Bekannte und schüttelten sich die Hände. Es begann ihre Konversation und ich konnte einige Worte davon aufschnappen wie: «Wurlitzer, Kaufvertrag, Mietvertrag, Monats-Abrechnung». Der Besucher hatte immer noch den kleinen Stoss Singles auf dem Tisch liegen, die er etwas zur Seite schob. Sie hatten Formulare vor sich und der Händler, vielleicht war er das, schob elegant eines davon vor den Wirt, ihn auffordernd zu unterschreiben. Ich sah hin, wie der Griffel über das Papier kritzelte, dann ging auch ich zu der Box und las die Nummern in der Auswahl. Ja, sie war drin, die Everly Brothers mit **«Rip It Up»**, ich suchte weiter nach Elvis Presley: **«Don't Be**

Cruel, aus 1955, mein Liebling. Ich wählte und füllte meine letzten Münzen nach für **«Blue Suede Shoes»** und **«Tutti Frutti».**

Ich war auch völlig fasziniert von den leuchtenden Farben, die abwechselnd durch die Röhren flimmerten. Ich sollte noch eine passende Münze haben und deshalb ging ich kurz entschlossen zu dem Herrn am Tischchen, welcher seine Formulare sortierte, bündelte und ordnete. Er war inzwischen wieder allein und lächelte mir zu. Er gab mir eine Münze und sagte: «Suger, wähle die Everly Brothers für mich». Ich wählte:

«Bye Bye Love» aus 1956. Er nickte mir freundlich zu. Dann verliess er das Lokal.

Am nächsten Nachmittag war ich wieder dort und er war auch schon da. Er winkte mich an seinen Tisch, und als ich vor ihm stand forderte er mich freundlich auf : «Willst du dich zu mir setzen?» Ihm gegenüber nahm ich Platz. «Bist eine tolle Biene, wie alt bist du denn schon?» fragte er verschmitzt. «Bin fünfzehn», gab ich erhobenen Hauptes zur Antwort. «Hast ja schon eine tolle Oberweite, möchtest du, dass ich Fotos von dir mache?» Ich errötete sehr und sagte: «Wozu denn, ich weiss nicht». «Du musst nur deine Badehose mitnehmen und sollst in diesen Pumps mit Absatz kommen, welche du jetzt trägst». Ich sagte, dass ich immer so rot würde. «Dann kauf dir ein Make-Up oben in der Epa. Hier hast du etwas Geld».

Er schenkte mir ein Bravo-Heftli und doppelte nach mit seiner Visitenkarte: «Da hast du meine Adresse, und komm morgen Nachmittag um drei Uhr».

Als er weg war, durchblätterte ich interessiert das Musik-Teeny Heft. Da waren die Stars mit ihren Gitarren abgebildet, in reichen Kostümen. Ich stiess auf ein Inserat: «Schluss mit Rotwerden, das unglaubliche Heilmitttel, 100 % Garantie, 1000 Danksagungen, noch heute bestellen».

Da schoss mir schon wieder die Röte ins Gesicht, ich spürte es sofort, ohne in einen Spiegel zu gucken. Ich hatte erst Zweifel an der Einladung des fremden Herrn. Aber ich beschloss trotzdem, am nächsten Tag hinzugehen.

Der Fototermin

Er wohnte in einem Appartement-Haus oben auf dem Dorfplatz. Um drei Uhr stand ich vor seiner Tür und klingelte mit Herzklopfen. Er war da und lud mich herein. Das Zimmer war nicht sehr gross, aber hübsch, ordentlich und sauber. Es duftete angenehm, und die Sonne durchleuchtete den ganzen Raum. Aus einem Plattenspieler in der Ecke ertönte : **«C'est Si Bon»,** ich glaube es war von Ives Montant, ca. 1958. «Haben Sie auch **«Let me be Your Teddy Bear**» von Elvis aus 1956», fragte ich zuerst.

Neugierig sah ich mich um. «Haben sie kein Bett?» fragte ich vorsichtig weiter. «Doch schon, aber es ist im Wandschrank». Es gab einen kleinen nierenförmigen Tisch mit farbiger Glasplatte und zwei Sessel in Stromlinien-Design von rotem Plastik bezogen. Vorne am Fenster stand eine Kamera auf einem Stativ.

«Hast du das Badekleid schon an, dann können wir sogleich beginnen. Mach einen hohlen Rücken, dass die Oberweite noch besser rauskommt. So ist recht». Und er fing an zu knipsen. «Du kannst dann in zwei Tagen die Fotos ansehen und kannst eines für dich auslesen. Ich glaube das wird sehr gut, und dann muss ich dir etwas erklären, aber heute ist es noch zu früh». Jetzt schoss mir schon wieder die Röte ins Gesicht und ich unterbrach ihn: «Kann ich mich schnell etwas pudern? Meine Wangen glühen». «Ja, mach schon, hier hast du einen Spiegel, aber lass etwas dran davon, das ist hübsch».

Und er knipste weiter, sicher etwa zwölf Bilder. Solche mit nur Büste, ein sogenanntes Portrait, und andere mit der ganzen Figur und den Beinen mit meinen Pumps, welche so einen hübschen, kleinen und spitzen Absatz hatten. Obschon es mir sehr Spass machte, wollte ich bald wieder gehen, vor allem weil mich meine Wangen brannten.

«Sind wir fertig?» fragte ich, und zog mich schnell wieder an. Er begleitete mich zur Tür und sagte: «Ich bin der Fred und du kannst mich jetzt duzen. Also bis in zwei Tagen, gleiche Zeit».

Die Sommerferien hatten begonnen und ich hatte nichts zu tun, so schlenderte ich schon am nächsten Tag wieder zu der Musikbox hinauf. Da sah ich auch wieder Fred, wie er ums Haus des Tea-Rooms verschwand. Ich folgte ihm in einem gewissen Abstand, so dass er mich nicht sehen konnte. Er ging auf einen der luxuriösen Amerika-ner- Schlitten zu, wo ihn ein Mann erwartete.

Sie begrüssten sich scherzend und lachten miteinander. Der eine Wagen war ein Plymouth, daneben parkte ein Chevrolet. Die Autos hatten Kühlerfiguren wie aus Silber, prächtig geschweifte Stoss-Stangen in Chrom, Scheinwerfer wie Augen, und bezaubernde Gitter am Bug, die mich an ein offenes Haifisch-Maul erinnerten. Weiter hinten stand ein schwarzer Thunderbird.

Die Männer sprachen ziemlich aufgeregt und liefen um das Auto des Kollegen herum, öffneten die Hecktüren, nahmen einen Meter zur Hand, kamen wieder nach vorn zu den Seitentüren, nahmen auch dort Mass. Die linke Seitentüre fiel beinahe auseinander, und der Copain nahm eine Büchse mit Leim aus dem Fussbereich des Wageninnerns, und begann mit einem Pinsel das Seitenfach an der losen, flatternden Türe zu verleimen. Es kamen noch ein paar Klebebänder dazu und fertig war das Prozedere. Sie stiegen ein und fuhren los. Das ist also ein Oldtimer, dachte ich.

«Das wäre was für meinen armen Papa, der nur einen alten Fiat hat», sagte ich zu einem Jungen, der auch interessiert daneben stand. Vater war damit vor ein paar Tagen mit meiner Mutter in die Provence gefahren und ich war allein. Aber ich freute mich auf den nächsten Tag wegen den Fotos. Diese bekam ich dann auch zur Ansicht, als ich zum vereinbarten Termin bei Fred erschien. «Und jetzt, was machst du damit?» fragte ich neugierig. «Wir können da vieles machen, z.B. Werbebilder, aber da musst du noch deinen Papa fragen, ob er einverstanden ist». Er machte eine Pause.

«Nur, ich habe da einen anderen Vorschlag. Es ist etwas mit meiner Freundin, der Tamara, einer Super Mulattin und ein paar anderen Mädchen und Frauen. Sie ist Tänzerin in einem Nachtlokal im Kreis 4 an der Langstrasse, dort im Milieu. Ich und mein Freund planen eine Miss-Wahl mit etwa zwölf Frauen zu veranstalten. Du könntest da auch mitmachen wenn du willst. Geht nur einen Tag. Es ist in einem Restaurant im Thurgau. Dort habe ich eine Musikbox.

Dann habe ich aber noch eine andere Bitte an dich. Kannst du etwas nähen? Kannst du eventuell auch etwas mit einem Pinsel malen, oder schreiben?» «Ja, ja, das kann ich, was ist es denn?» Er zeigte auf weisse lange Repps Bänder die auf dem Tisch lagen. «Diese sollst du zusammennähen und beschriften mit Zahlen von 1 bis 12. Hast du Farben?» Ich nickte: «Das habe ich, das kann ich».

Hobby-Malerei

Mein Vater war Maler und hatte den ganzen Wandkasten voller Farbtöpfe und so machte ich mich zuhause an die Nähmaschine und an die Farbtöpfe ran.

Der Wandkasten war für mich immer wie ein Tresor oder eine Schatzkiste. Sein Duft verströmte im ganzen Korridor den Geruch von Terpentin. Ich liebte diesen Duft. Darin gab es unzählige andere Töpfe und Büchsen mit Leinöl, Salmiak, Amoniak, Nitroverdünner und natürlich Lackbüchsen, Meerschwämmchen, Kessel mit Pinseln in allen Grössen, Breiten und Längen. In schwarz und Silbermenning malte ich schöne grosse Zahlen. Die «12» übermalte ich nochmals mit Goldbronce. Alles wurde wie gewünscht.

In der Zwischenzeit, in der ich die Farbe auf den Bändern trocknen lassen musste, malte ich etwas für mich auf einer freien Leinwand. Solche standen immer an der Wand, kleine und grössere. Wenn sie aufgebraucht, d.h. bemalt waren, ging Mama damit in die Stadt um sie zu verkaufen. Lauter naturgetreue Landschaften, Waldwege mit hohen Bäumen und Wiesen, mit weit entferntem blauem und violettem Horizont. Er malte Kornfelder mit blauen Kornblumen und rotem Mohn, und auch mit dunkelgrünen Pappeln gesäumte Landstriche unter fantastischen Wolkengebilden. Papa sagte immer zu mir, Wolken, Bart und Haar, malt nicht jeder Narr.

Ich überlegte mir, ob ich es mit einer so farbenprächtigen Musikbox probieren sollte, aber ich scheute mich etwas vor der Genauigkeit, die so etwas erfordern würde, und ich malte eine Clownszene mit einem grossen schwarzen Flügel.

Nach zwei Tagen marschierte ich mit meinem
Bänder-Werk zum Dorfplatz hinauf.
Fred lobte mich sehr. Jetzt wusste ich nur nicht so
recht, ob ich da auch wirklich mitmachen wollte,
an der Misswahl, und mit hinaufsteigen sollte auf

die Bühne. «Jetzt musst du mir aber sagen ob du dabei sein willst an der Wahl, wir müssen nämlich die Namen ankündigen». Weil ich aber das Abenteuer suchte, sagte ich zu. «In ein paar Tagen ist es soweit, bis dahin bleib gesund und vergiss dein Make-Up nicht», sagte Fred.

Inzwischen ging ich täglich zur Jukebox hinauf und träumte vor der Musik und schmolz förmlich dahin. Ich hörte etwas von Dalida, aus 1957: **«Come Prima».**

Aber am vierten Tag war die Juke-Box auf einmal nicht mehr da. Gähnende Leere stand da, wo einmal die Dominante thronte. Der Junge, der sich immer zu mir gesetzt hatte, und mir von seiner Liebe schwärmte, war auch nicht mehr da. Auch am nächsten Nachmittag erschien er nicht, aber wir hatten ja nichts abgemacht und es war mir eigentlich gleichgültig. Er störte mich mehr in meinen Träumen.

Misswahl

Nach einer Woche war der Termin zur Abfahrt in die Ostschweiz. Auf dem Parkplatz hinter dem Tea-Room musste ich warten. Sein Freund erschien mit seinem Plymouth und auch Fred fuhr einen noch grösseren, und noch schöneren auf den Platz, einen Chevi. Die Sitze waren in beiden Wagen pumpsvoll mit schrillen Weibern belegt, und ich konnte mich gerade noch zwischen zwei vollbusige hübsche Damen hineinzwängen. Die Wagentüren klappten zu, und wir fuhren voll beladen ins Thurgau nach Wil.

Ich fuhr im Auto von Mul, dem Partner von Fred. Aus dem Autoradio erklang die neuste Single von Dalida, **«Am Tag als der Regen kam».**

Aber es war prächtiges Wetter, und es war heiss. Inzwischen musste der Fahrer mal anhalten und seine Wagentüre wieder flicken, indem er wieder die Leimbüchse hervorholte, die neben dem Bremspedal stand.

«Als Nächstes macht er einen Platten!» grinsten die Lady's, «oder er schmiert dir Leim auf deinen Sitz, dass du nicht mehr raus kannst!» zischte eine zu mir hinüber.

Als er fertig war mit seiner Reparatur, die mich eher an Kosmetik erinnerte, ging es wieder weiter. Obschon die Fenster geöffnet waren, befand ich mich in einem Dunst von Schweiss und Parfüm aller Sorten, und ich fürchtete, dass es mir gleich schlecht wird.

Ich sah nur immer gerade aus, nach vorn, nicht links noch rechts. Aber dies nicht nur wegen der Parfüms, sondern wegen der Fahrweise von Mul. Er hatte immer volles Tempo, und in den Kurven lagen wir wie Sardinen aufeinander.

Er war eigentlich ganz nett, lächelte meistens, und hatte weiche Gesichtszüge und braun gewelltes Haar. Erst jetzt bemerkte ich, wie hübsch er war.

Durch den Rückspiegel betrachtete er immer die Damen hinter ihm, welche auch immer in ihre kleinen Spiegel guckten.

Neben mir wurde fleissig gepudert, und die eine Dame fuhr auch mir mit etwas Make-Up und odorisiertem Talkum übers Gesicht. Sie hatte Strümpfe an, und ich konnte ihre Strumpfbänder sehen. «Braucht man die?» fragte ich sie.

Nein, wir treten alle in Badehosen auf. Bist schon ok, wie du bist».

Sehr beruhigend, dachte ich.

«Aber deine Frisur, du musst noch tuppieren, so geht das nicht». Sie fuhr mit ihren langen, gemalten Nägeln durch mein Haar, das einfach runterhing.

«Und ich gehe nicht auf diese Bühne, wartet nur», dachte ich.

«Wir zwei gehen dann noch extra auf die Toilette miteinander», sagte sie spöttisch zu mir. Dann verteilte sie noch die Bänder im Wagen. Ich erhielt die Nr. 6.

Die Fahrt ging in rasendem Tempo weiter, sodass wir von der Landschaft kaum etwas sahen.

Als wir vor einem grossen Landgasthof ankamen, waren die anderen schon da, und wir mussten uns beeilen. Ich ging direkt zur Toilette, und musste mich erst mal übergeben. Ich wusch mich und spülte den Mund, so gut ich konnte, und machte lange herum. Ich wartete auf die Dame von vorhin.

Da erschien eine junge hübsche Frau, ein Gast, und ich stand vor den Spiegeln neben ihr.

«Sie sind aber eine hübsche Dame», redete ich sie an. «So, warum?».

Heuchelnd gab ich zur Antwort:

«Ich hätte da etwas für sie! Können sie improvisieren? Wollen sie nicht auch an der Misswahl teilnehmen? Sie könnten für mich einspringen, mir ist nämlich schlecht. Ich gebe ihnen meine Badehose und mein Band, und sie werden Glück haben und gewinnen!»

Sie war gar nicht zimperlich, sondern sofort begeistert und einverstanden. Das war für den Moment die rettende Lösung. Wie war ich doch froh! Sie zog meine Badehose an und bestieg alsbald die Bühne mit den anderen Damen. Ich lauerte im etwas abgedunkelten Hintergrund und alle hatten so viel zu tun, dass niemand etwas merkte.

Fred war mit der Musikbox beschäftigt, füllte Singles ein, und hatte keine freie Minute, um das Ganze zu überschauen bis es los ging. Er blickte sich zwar etwas irritiert im Saal um, als die zwölf Nummern durchs Mikrofon verlesen wurden. Die Damen bestiegen eine nach der andern die Bühne und stellten sich in Position. Tausend Blitzlichter flimmerten hektisch durch den Saal zur Empore, es wurde fotografiert, und aus dem Wurlitzer ertönten die Songs von den Wheels und allen anderen Platzhaltern wie **Elvis Presley, Peter Kraus, Dalida, Nana Mouskouri** und vielen anderen. Die Girls machten ihre Parade auf den hohen Absätzen. Ein Gitarrist kam auf die Bühne. Die Gäste begaben sich auf die Tanzfläche, es wurde Bier ausgeschenkt und Schinken serviert, wo ich natürlich auch mithielt um mich wieder zu stärken. Um neun Uhr abends war der ganze Spass vorbei, und ich zwängte mich wieder zwischen die tollen Damen, und ab ging es zurück nach Zürich.

Diesmal sass ich im Wagen von Fred.
«Hast keinen Mum gehabt? Nun wird die Nummer 6 fälschlicherweise unter deinem Namen im Thurgauerblatt erscheinen. Sie ist gut rausgekommen. Nicht schlecht, oder?»

«Das sind ja Loorberen für mich, das ist ok», sagte ich. Ich hätte fragen können auf welchem Platz, aber es interessierte mich nicht.

Diese Nacht schlief ich besonders gut. Aber am nächsten Tag, als ich meinem Schwarm begegnete, es war ein gleichaltriger Junge, der immer so verliebt in mich war, machte der Schluss mit mir. «Wieso, was hast du denn?», fragte ich betroffen. «Du weisst schon, und ich weiss auch wo du dich die ganze Zeit herumtreibst. Unsere Abmachung hast du glatt vergessen, und jetzt ist Schluss».

«So geh doch du dummer Kerl». Ich wurde nicht einmal rot, ich fühlte mich wieder frei. Und das wollte ich sein, keine langweiligen Abmachungen, keine ewige Gegenwehr, die er sowieso immer ignorieren wollte und mich nichts als drängte. Manchmal hatte ich bei seinen Umarmungen das Gefühl, das er mich in den Schwitzkasten nehme. Ich war direkt froh.

Die Dorfkirche

Im Tea-Room gab es jetzt keine Musik-Box mehr, und so schlenderte ich zur kleinen Kirche hinauf, dort gab es vielleicht etwas Orgelmusik. Wie oft hatte ich doch schon heimlich in dieser Kirche in den kargen Holzbänken gesessen, und dem gewaltigen, brausenden Klang der Orgel gelauscht. Das war ein Genuss! Und es war immer so angenehm kühl. Es ertönte das Largo von Händel oder das Ave Maria, welche ich von Vaters Heimorgel her gut kannte. Ich probierte das damals noch nicht, sondern schrummte bloss einwenig Akkorde auf einer alten Gitarre.

Wieder ein paar Tage später, ich wollte gerade zur kleinen Kirche hinauf, wo über Mittag immer ein Organist übte, begegnete ich Fred auf offener Strasse. Die Kirchenglocken schlugen gerade zwölf und ich rief:

«Hallo Fred». Er gab mir ein Zeichen mit der Hand, und schüttelte leicht den Kopf und lief weiter, auch in Richtung der Kirche. Dort wartete er auf mich und sprach, als niemand zu sehen war: «Du solltest mich nicht so auffällig auf offener Strasse anreden. Du kannst etwas mit dem Kopf nicken, aber du sollst mich nicht anreden». Ich war etwas erschrocken: «Aber warum denn?»

«Hör mir zu, du bist noch minderjährig und ich könnte Schwierigkeiten bekommen, ich habe auch etwas vernommen von deinem letzten Freund. Er spricht schlecht über mich, und am

Schluss auch noch über dich. Also sei vorsichtig mit deinen Boys» «Ja, ja ich weiss schon, aber ich kann nichts dafür, immer wieder verliebe ich mich aufs Neu. Ich bin schon wieder in einen anderen verliebt. Sogar in zwei, und weiss nicht in welchen von beiden mehr».

«Du bist zuviel allein», sagte er ernst zu mir. «Hast du nichts zu tun?» «Ich male schöne Bilder!» «Aber du brauchst etwas, wo du nicht allein bist. Melde dich doch mal als Lift-Girl, Oskar Weber, an der Bahnhofstrasse, sucht welche!» «Aber die Musik, die Musikboxen, gibt es da nicht etwas?» «In der Stadt gibt es Tea-Rooms mit solchen. Die kannst du in deiner Freizeit noch genug aufsuchen».

Liftgirl

Ich war etwas enttäuscht, doch ich meldete mich darauf als Lift-Girl. Sie nahmen mich sofort. «Schulabgängerin, so früh?» fragte mich der Chef. «Das sieht bloss so aus, ich ging schon mit sechs Jahren in die erste Klasse und jetzt bin ich fertig». In dem Warenhaus gab es in der obersten Etage einen Metzger-Verkaufslehrling. Nachdem der die ganze Zeit mit mir im Lift auf und ab fuhr, gingen wir in ein zweistöckiges Tea-Room an der Schipfe, direkt an der Limmat, und sassen bis spät nachts, oben neben der Musik-Box, und schauten über den Fluss, durch die grossen Glasscheiben auf die beleuchtete Limmat hinab, eng umschlungen!

So ein Schmuser war das. Ich musste mich wieder wehren. Es kam eine Karte auf den Tisch serviert: «Bedienung beendet, Konsumation bezahlt».
Wir mussten das Lokal verlassen und der Metzger-Lehrling bekam von Oskar Weber die Kündigung wegen seinen vielen, andauernden Liftfahrten mit mir. Noch bevor die Kundschaft den Lift betreten konnte, drückte er rasch auf den obersten Knopf. Er liess sie gar nicht erst einsteigen. Ich sah ihn nie mehr.
Auch Fred sah ich seither nicht mehr.
Später, als ich aus einem Welschlandjahr wieder nach Hause kam, fiel mir ein Zeitungsartikel in die Hände. Es handelte von Musikboxen und mein Interesse war hellwach. Was war das, was stand da in der Kriminalrubrik des Zürcher Tagblattes, mit dem Namen Fred S., den kenne ich doch? Auch der Blick machte Schlagzeilen: Und das war die Meldung:

EIN GERISSENER BETRÜGER

«Ein Kaufmann zieht die dummem Wirte über den Tisch! Er verkauft ihnen immer die Eine, gleiche Musik-Box. Er schliesst haufenweise befristete Miet-Verträge und hat nur zwei, oder vielleicht drei MusikBoxen. Die rangiert er von einem Kunden zum anderen, noch bevor der Vertrag abgelaufen ist, mit dem Vorwand, er müsste diese in die Reparatur nehmen. Dies tat er sogar mit Kunden die Kaufverträge hatten. Zum Beweis legte er verkratzte Singles auf, und prellte so den Wirt. Die Anklage lautet auf Betrug und Zuchthaus».

Jetzt dämmerte es mir etwas. Deshalb war die Juke-Box aus dem Tea-Room verschwunden. Deshalb fuhren sie mit solchen grossen Ami Fässern in der Gegend herum. Sie mussten doch die teure Juke-Box transportieren können. Deshalb war in dem Tea-Room, das ich so gern besuchte auf einmal keine Jukebox mehr da.

Nach einiger Zeit trudelte ein Brief aus der Strafanstalt Regensdorf in unserem Briefkasten ein. Der Vater brachte ihn herauf:

«Etwas für dich, aus dem Zuchthaus, an Fräulein Sowieso». Er fragte nicht.

Gemeinsam lasen wir den Brief:

«Liebe Zuckerbiene, ich bin jetzt da und habe keine gute Zeit mehr. Wie geht es dir? Malst du immer noch? Spielst du immer noch Gitarre, oder wieder deine Handharmonika? Ein Brief von dir würde mich freuen. Herzliche Grüsse F.X.

Mein Vater sass traurig neben mir und schüttelte den Kopf. «Ich habe den Zeitungsartikel auch gelesen. Das war ein Kaufmännisch Angestellter ohne Arbeit. Aber ein Bürogummi war das nicht, der hatte Ideen und Fantasie, aber leider kein Glück. Er hat es probiert, er hat etwas gewagt. Aber es ist ihm nicht gelungen. Ein Verbrecher war das nicht. Der wollte keine Wirte prellen, er hat sich einfach verrechnet, oder verspektuliert».

«Der tut mir leid», sagte ich .

«Die anderen, welche die Kriege anzetteln, das sind die Halunken. Weisst du noch, wie wir Flaschen gesammelt haben nach dem Krieg, erinnerst du dich noch an die Streikzüge? Weisst du noch, wie sie die Streikbrecher zusammen geschlagen haben? Du bist doch damals auch mit mir in den Streikzügen marschiert. Du hast doch auch gesehen, wie das blutig zu und her ging».

26

«Der arme Kerl». Ich schrieb ihm umgehend zurück. «Lieber Fred, wie geht es dir immer? Bist du traurig? **«Are You Lonesome Tonight»** Ich male immer noch. Meine Gitarre, die ich gegen die Handharmonika ausgetauscht habe, hat mir ein Junge am Fluss unten zerschlagen, weil ich nicht nach seinem Willen tat. Jetzt habe ich weder Gitarre, noch Handorgel. Ich male jetzt mit den Oelfarben von Papa Gemälde, und kann viel über die Farben von ihm lernen.

Ich habe jetzt einen neuen Plattenspieler und kann so die schönen Songs von der Musikbox wieder hören. Aber die schillernden Farben der Juke-Box hat mein Plattenspieler leider nicht. Herzliche Grüsse von **«Little Sister»** und sag ihnen **«Treat me Nice»,** bis auf ein andermal. Es kam keine Antwort mehr. Der Brief wurde vermutlich konfisziert.

Manchmal setzte ich mich vor meinen Plattenspieler und legte die Singles von Elvis auf: **«Return to Sender, Adress unknown»**… und dann noch den «**Jailhouse Rock** aus 1957.

Hinter dem Mond

Noch vier Monate, solange würde sie noch warten müssen. Es war Sommer, die Schulferien hatten soeben begonnen. Wartete sie etwa auf den Nikolaus? Das wäre ja erst im Dezember. Nein, dafür war sie schon zu alt und sie hatte bereits die Probezeit der 2ten Sekundarschule bestanden. Der Sommer war heiss, jeden Tag war blauer Himmel und Sonne, und sie lag mit ihren Klassenkameradinnen im nahen Schwimmbad. Sie hatten bunte Badetücher auf der Wiese nebeneinander ausgebreitet, und auf jedem lagen Schulbücher und Hefte.

Mathe im Schwimmbad

Vollbusige Mütter lagen um die Mädchenguppe herum, und schmierten sich die Sonnencrème von Nivea über die bleiche Leibesfülle. Auch die Schülerinnen gossen einander Sonnenöl über den Rücken und strichen anschliessend mit gespreizten Fingern, nach der Salberei, durch den frisch gemähten, grünen Rasen. Sein Duft zitterte in kaum sichtbaren Spiralen, in die heisse Luft empor.

Sie brauchten wieder saubere Hände und steckten die Köpfe zusammen, denn sie übten miteinander Mathe. Komplizierte Dreisätze, und was einigen noch Mühe machte, war das Wurzelziehen. Die Klassenbeste half ihnen, und die eine half der andern, bis endlich der Groschen fiel, aber mit viel Schwitzen, und Kopfzerbrechen!

Ein paar Jungen aus ihrer Klasse strichen an der Gruppe vorbei, und machten faule Witze:

»Sie da unseren Harem, die gehören doch in die Nähschule, oder in den Haushaltsunterricht».

«Ab in die Husi» «Da können sie backen und schmoren». Einer beugte sich über Myriam und spöttelte: »Übt ihr das Einmaleins?« »Fort mit euch, weg da», riefen die Schülerinnen im Chor.

Ein Junge grinste, und bog sich über Myriam:

«Die da kann bei mir Wurzeln ziehen lernen», und er zeigte auf seine kleine Badehose. Schallendes Gelächter.

Myriam stand auf, und ging zur Belohnung unter die Dusche. Aber weitere Aktivitäten verkniff sie sich, wie z.B. Schwimmen im kalten Becken, denn sie wollte das soeben Gelernte, was sie endlich kapiert hatte, nicht sogleich wieder vergessen. Sie kehrte schleunig auf ihr Badetuch zurück, und wiederholte etliche Male das Rezept. Mehr war es auch nicht was sie verstand, nur die Art und Weise der Rechenoperation wollte sie beibehalten. Warum das so zu rechnen war, begriff sie nicht. Aber das war ja egal, wann würde sie schon so etwas je brauchen. Hauptsache ich hab es kapiert, triumphierte sie erlöst.

Sie packte bald ihre Sachen zusammen und verabschiedete sich von ihren Kameradinnen. «So früh gehst du schon?». «Ich muss zu unseren Kaninchen».

Schrebergarten

Als sie im Schrebergarten ihrer Eltern ankam, war es etwa vier Uhr. Zuerst liess sie die Kaninchen aus ihren Ställen in die eingezäunte Wiese hoppeln. Dann suchte sie in der Nachbarwiese nach Bärlapp, einem Kraut mit grossen Blättern, welches die Hasen sehr liebten. Sie bekamen auch Rüben und schnüffelten an allem herum was in ihrer Weide wuchs.Vor Freude spielten sie Fangis und rannten hintereinander her. Myriam liebte diese kleinen Tierchen, es waren Weisswiener, schneeweisse, muntere Hoppler mit roten Augen. Der Garten war für Mensch und Tier eine wahre Erholung. Für Myriam bedeutete es Freiheit von allem was sie in der Stadt und in der Schule nicht mochte. Der Garten stand voller Blumen, und es gab auch Bohnen-Gewächse, oder Tomaten die an hohen Stangen aufgebunden waren. Die Kaninchenställe waren direkt am Gartenhaus angebaut, worin es immer einen hohen Heuhaufen gab. Der duftete jetzt besonders, da es so heiss war. Gegen Abend kam ihre Mutter mit dem Zündapp aus der Fabrik angefahren. Sie strahlte und freute sich sehr, dass Myriam schon da war. Als auch sie alles Nötige besorgt hatte, nahm sie ihre Tochter auf den Sozius, und so fuhren sie nach Hause, um den Vater zu erwarten.

Wandhörnli

Sie wohnten in einem Hochhaus am Stadtrand. Da gefiel es weder der Mutter noch der Tochter besonders. Es wurden Spaghetti mit Tomaten aufgesetzt, und bald darauf erschien auch der Vater von seiner Arbeit. Müde setzte er sich an den Küchentisch und sagte meistens: «Ich bin kaputt. Was gibt's?» Manchmal schmiss er die Teigwaren an die weissgekalkte Küchenwand und frohlockte: « Das sind jetzt Wandhörnli!» Myriam bog sich vor lachen, aber die Mutter hatte gar keine Freude. Sie musste das Essen wieder von der Wand und vom Tisch aufkratzen, und sie tat es mit zusammengebissenen Lippen: «So eine Verschwendung!»

»Freu dich doch, jetzt haben wir in der Küche ein modernes Wandgemälde, moderne Kunst, ein Fresco, **Da Da**, Sophie Täuber-Arp», und die Verückten!»

Höhnisch lachte Vater darüber, der sicher schon zuvor etwas getrunken hatte. «Du kannst darin herauslesen was du willst».

Pachtland

Aber an diesem Abend wollte er nicht mit der Tomatensauce die Wand bemalen. Er sass ruhig und ernst am Tisch. «Ich muss euch etwas mitteilen; wir können den Garten nicht mehr weiter in Pacht halten». Sie hatten ca. eine Aare Pachtland. «Wir alle da draussen müssen binnen einem Jahr räumen. Das Land soll verkauft werden. Und wisst ihr zu welchem Preis per qm? Für lächerliche 70 Rappen!»

«Da könnten wir doch auch etwas kaufen!» rief Myriam.

«Du träumst wohl, Tochter Zion, das können wir kaum, weil man da grosse Flächen erwerben muss, und weil es Bauland werden soll. Sie werden es nur einem Bauherrn verkaufen».

«Aber ich könnte viel Geld sparen mit meinen Zwischenarbeiten, wie Blumen verkaufen. Per Strauss bekomme ich bis zu fünf Franken, das Boukett. Hemdenvertragen bringt auch immer 50 Rappen, und bei den jeweils sechs Stück habe ich immer drei Franken. Veloputzen tue ich auch, und neulich habe ich im Schwimmbad gesehen, dass man da Flaschen mit Depot im Abfalleimer findet. Ein Junge macht das regelmässig. Es gibt noch viel anderes. Mama verkauft deine Bilder, bringt auch zwanzig Franken. Die Hemden könnte ich selber bügeln , zumindestens mal lernen wie es geht. Wir haben das sogar neulich in der Haushalts Schule durchgenommen».

Traurig hörte die Mutter dem Wortschwall ihrer Tochter zu. Der Vater schüttelte nur den Kopf.

«Die Hasen reuen mich am meisten, ich werde die ganze Zucht verkaufen, sonst müsste ich sie schlachten. Aber das bringe ich nicht übers Herz.

Die alte Lisette, die werde ich vermutlich erschiessen, ihr könnt auch dabei sein, wenn ich es tue. Ich mach es mit dem Flobert-Gewehr.

Du Myriam, du sollst dabei sein. Du wirst sehen, es geht schnell, und ich wäre froh, wenn ich es nicht allein tun muss. Die Mutter wischte sich die Tränen aus den Augen. Die beiden gingen hinaus. Draussen im Korridor gab es einen Krach, als die Eltern dort die Sache beredeten. Dann vernahm sie ein Klatschen, das sich wie eine Ohrfeige anhörte. Dann fiel die Tür der Wohnung ins Schloss.

Der Vater kam wieder in die Küche, wo die Tochter das Wandgemälde betrachtete.

«Was war das eben für ein Klatschen im Korridor?»

»Ach die Mama hat bloss mit der Klappe eine Fliege an der Wand zerquetscht». «Oder du?».

Papa lachte verschämt: «Was kann man denn da machen? Sie sind uns einfach durchgegangen!» «Was denn?» «Ach die Nerven und so weiter».

Er forderte seine Tochter auf, etwas auf der Handorgel zu spielen, um die Stimmung wieder aufzuheitern. Seit etwa drei Jahren ging sie in den Handharmonika Unterricht bei Hollenstein. Sie hatte schon längst den Verleider, aber sie war schon ganz gut auf ihrem diatonischen Instrument.

Sie holte es aus ihrem Kinderzimmer, und so spielte sie ihm den Schneewalzer und weitere andere Walzer vor. Ihr Lieblingsstück war:

»Que Sera, Sera (Whatever Will Be), gesungen von Doris Day (1956) Sie sang etwas dazu, nach dem deutschen Text mit Barbara Kist aus 57, «Was kann schöner sein?». «Der englische Text gefällt mir aber besser», und so mischte sie die beiden Sprachen, während sie weitersang.

Dann vernahm sie das ihr vertraute Geräusch;

die Türe ging, und Mutter kam wieder herein. Papa rief:

«Jetzt spiele ich euch mal mein Bravourstück auf dem Schwyzerörgeli vor. Er holte es aus dem Kasten der im Wohnzimmer stand, und legte in unglaublicher Virtuosität seinen Schottisch hin. Die Fröhlichkeit kehrte wieder zurück.

Die Mutter war Appenzellerin, und deshalb immer wieder zu Spass aufgelegt. Manchmal schaltete sie nach solchen Vorfällen eine Schweigewoche ein, aber diesmal verzieh sie es ihm.

Bald sassen sie so traulich beisammen, und hatten
einander so lieb……

Es wurde zum Tagesgespräch.

In der Schule wurde bereits schon am nächsten Tag darüber gemunkelt. «Der Schmidheini, der wird es bekommen. Sie wollen das ganze Land überbauen. Die Glatt wird zugedeckt, und es sollen dort Wohnblöcke hingestellt werden».

Viele in der Bevölkerung waren entsetzt, vor allem, dass die schöne Glatt verschwinden sollte, welche dann zum Teil nur noch in einem Kanal vorhanden sein würde. Aber die Proteste halfen nichts.

Die Familien der Pächter sahen hilflos dem Dahinschwinden des kleinen Glücks entgegen.

Allein im Schwimmbad

Die nächsten Tage verbrachte Myriam wieder im Schwimmbad. Dabei kniete sie allein auf ihrem Badetuch. Sie häkelte mit Garn feine Spitzen an

39

kleine Taschentücher, denn sie wollte etwas tun was Sinn macht. Ihre Tante hatte ihr das kürzlich beigebracht und sie liebte solche Taschentücher. Sie sollte welche bekommen, als Geburtstags Geschenk. Zwei Heftli lagen neben ihrer Arbeit, eines für Anleitungen im Häkeln, das andere war das **«Bravo»**. Es lag offen vor ihr und sie betrachtete so die Musikstars, und las bei ihrer Arbeit, soweit das ging, die News der Stars, wie sie in den Charts standen , d.h. auf welchen Plätzen sie rangierten. **Peter Kraus, Peter Alexander, Roy Black, Heintje, Doris Day**, u.s.w.

Da gesellte sich wieder ein Junge zu ihr und meinte spöttisch: «Na wen haben wir denn da, häkelst du dir jetzt einen Bikini? Wenn du zuwenig Stoff hast, kann ich dir noch eine meiner Krawatten geben, welche ich schon jetzt zur Konfirmation bekommen habe. Du kannst sie dir dann unten durchziehen». Und er grinste übers ganze Gesicht. «Soll das ein Witz sein? Das ist sehr unanständig von dir, das ist eine Frechheit, eine Beleidigung!» rief sie entrüstet. «Komm schon, ich wollte doch nur Spass machen. So unschuldig bist du jetzt auch nicht, wo du ja all das schon siehst in deinem Bravo-Heftli.» Sie packte es unwirsch und verstaute alles schnell in ihrer

Badetasche. Aus dieser zog sie noch eine lange Schnur hervor, mit vielen Schlüsseln daran und schlang sie sich um den Hals. «Ich geh jetzt schwimmen, tschüss». Wieder zuhause packte sie zuerst das bunte Heftli mit den Musik-Stars aus. Von diesen hatte sie schon viele an ihre Wand über dem Bett geklebt. Da hatte sie auch schon den Elvis Poster in voller Grösse hängen. Papa hatte einen Plattenspieler im Wohnzimmer und hörte Bert Kämpfert. Myriam mochte alle Musik die Papa hörte, auch die Klassische. Aber lieber hätte sie jetzt einen Elvis Presley gehabt. Der Vater wusste von ihrem Wunsch und meinte: «Du musst jetzt nicht mehr sparen, kauf dir doch eine Single von ihm. Auch ich spare nicht mehr. Wozu noch?» Aber er hatte schon wieder eine neue Hoffnung. «Nächstens kaufe ich mir einen kleinen Zweitakter, ein kleines Motorrad und dann fahre ich mit Mamma in die Berge».

Das Matrazenlager

Myriam war ja so schon sehr viel allein, aber sie hatte einen Plan. Als die Eltern losfuhren, da verwandelte sie das ganze Wohnzimmer in ein Matrazenlager. Der Tisch und die Stühle wurden an die Wand geschoben, die Matrazen der Eltern in die gute Stube geschleppt, und grosse bunte Tücher ausgebreitet. Der Plattenspieler kam an die Wand wo die Steckdose angebracht war.

Alsbald suchte sie nach Gesellschaft. In der Nachbarschaft hatte sie zwei Freundinnen, die lud sie für den Nachmittag zu Sirup und Kartenspielen ein. Und dabei kündigte sie zudem eine Extra-Überraschung an. Neugierig kamen diese die Treppe hinaufgeschlichen und wollten sehen ob das auch wahr ist, was da ihnen Myriam versprach. Lärmend und voll Freude hüpften sie in die Wohnung und staunten sehr. Die Musik dröhnte bereits aus dem Plattenspieler: **«Wake Up Little Susie»** von den Everly Brothers, «Nur herein, Hereinspaziert», rief Myriam, und die Mädchen krochen zu ihr auf die Matrazen.

Dann legte sie Platten auf, eine nach der andern. **«Don't Be Cruel»** von Elvis Presley. «Morgen kaufe ich noch mehr Platten, ihr könnt dann wieder kommen und auch andere Kameradinnen mitnehmen». « Au fein, ja das machen wir», schwärmten die Mädchen. «Immer wenn ich wieder ein Fest plane, hänge ich ein farbiges Band aus dem Fenster meines Zimmers, und wenn ihr das sieht, könnt ihr einfach kommen».

Aber das sah leider auch ein Junge aus der Nachbarschaft, bezeichnenderweise hiess der Casanova. Seine Schwester war schon einmal in ihrem Musiklager und so kannte sie ihn flüchtig. Er gefiel ihr gar nicht, denn er hatte hässliche Pockennarben im Gesicht. Er läutete an ihrer Türe, sie machte auf und er zwängte einen Fuss zwischen Tür und Angel.

Dann stiess er mit Gewalt die Türe auf und drang in die Wohnung ein. Er lief einfach vorwärts und sie folgte ihm. Aber er ging nicht ins Wohnzimmer sondern zuerst ins Schlafzimmer der Eltern, dann fand er ihr eigenes Zimmer. «Das will ich jetzt sehen!» rief er. «Hinaus!», schrie sie aus Leibeskräften und die Wut stieg in ihr hoch. Aber er reagierte nicht darauf, sondern er hänselte nur: «Komm näher».

Da ergriff sie mit aller Kraft den Kleiderschrank, zog ihn hervor und stürzte ihn auf den Jungen, dass es nur so krachte. Der Schrank war nicht besonders schwer, denn er war nur aus leichtem Tannenholz. Dieser stand jetzt schräg mit der Oberkante zu der anderen Wand, und der Junge schlüpfte erschrocken hervor. Verwirrt und eilig suchte er das Weite. Als er draussen war atmete Myriam tief durch. «Jesus hilf mir. So kann das nicht weiter gehen, dachte sie. Ich muss etwas anderes machen».

Sie rief ihren Stiefbruder an, der genau 20 Jahre älter war als sie. Er war Student und hatte eine kleine Mansarde unterhalb der Uni. Der gab ihr manchmal noch Unterricht, das heisst Nachhilfe-Stunden im Rechnen. Rudolf machte zuerst eine kaufmännische Lehre, dann arbeitete er einige Jahre als Buchhändler und freier Angestellter beim Manesse Verlag. Als er genug Geld hatte, schrieb er sich an der Uni Zürich ein und begann nebenbei das Studium in Philosophie, Kunst und Literatur. Er war zwar sehr geschickt im Rechnen, so wie auch Vater, aber er war auch so sehr kunsbegeistert wie der Papa.

Konzentrations-Übungen

Rudolf war hoch erfreut über den Anruf: «Komm doch gleich morgen, ich habe dich ja schon eine ganze Weile nicht mehr gesehen. Bist du allein?» fragte er liebenswürdig. «Ja». «Also, dann, schreib auf: Mühlegasse xx, und komm um vier Uhr, und nicht zu spät».

Viele, viele Treppen musste sie hochsteigen, denn es gab keinen Lift wie in ihrem Hochhaus.

Zuoberst angekommen, las sie an der einen Tür auf einem kleinen Schild: Dr.lic.phil.II Rudolf X.

Als sie beim Bruder in der Mansarde sass und sie einander freudig begrüsst hatten, wurde es ernst und er begann mit Fragen:

« Du sagst also, dass du gut bist in Sprachen, d.h. in Deutsch?» «Ja, Deutsch ist mein Lieblingsfach». «Also gut, machen wir mal einen Test: Ich gebe dir vier Worte mit a-b-c-d. Eines der vier Worte passt nicht in die Gruppe und du musst herausfinden, welches. So pass auf:

BOOT-a, SEGEL-b, RUDER-c, WASSER-d. Ist es a, b, c, oder d?» Sie antwortete schnell: «Es ist d!». «Richtig, 2te Frage:

UFER-a, MEER-b, EBBE-c, FLUT-d?» «Es ist a!»

«Richtig, gehen wir zu etwas anderem über: Wörter die zueinander in einem Verhältnis stehen.

SCHNELL : LANGSAM = HOCH : ?

a) tief, b) unten, c) flach, d) Berg. Jetzt wähle aus den Worten a, b, c, d, aus, welches in einer Beziehung zu den drei ersten Worten steht.» Sie überlegte nun etwas länger: «Es ist a!»

«Richtig, denn Langsam ist das Gegenteil von Schnell, und Tief ist das Gegenteil von Hoch.

Sollen wir noch etwas weiterfahren?» «Hm» Er paukte unaufhörlich weiter:

«GEMÄLDE : FARBE = (wie) FOTO : zu ?

a) Motiv, b) Licht, c) Film, d) Linse. Welches Wort passt?

Sie überlegte etwas lange. Er half nach:

«Nun, das Gemälde braucht Farbe und das Foto braucht Licht, klar?» Es folgten noch einige Beispiele, und sie begann mit den Augen zu rollen: «Ja, ja, schon gut, können wir das nächste Mal weitermachen? Ich sollte zu den Kaninchen».

Der Bruder sagte zu ihr: «Du solltest vor allem lernen, dich auf etwas zu konzentrieren, dann wärst du auch im Kopfrechnen besser».

Es klingelte an der Türe und die Braut von Rudolf kam herein. Er stellte sie einander vor, aber danach schlüpfte Myriam schnell aus der Türe und rannte in grossen Sätzen die Treppen hinunter.

Mit dem Velo musste sie den Irchel-Pass erklimmen, aber dann ging es wie von selbst hinunter ins Glatttal. Zuhause angekommen machte sie sich sogleich hinter den Kühlschrank und schnitt sich ein grosses Stück Emmentaler ab. Den verschlang sie ohne Brot, weil sie dieses den Kaninchen bringen wollte. Als sie dann bei ihnen war, klopfte ihr Herz vor Seeligkeit. Wie ein Kind tummelte sie sich mit den Hasen in der Wiese herum.

Erst als sie wieder zu Hause war, öffnete sie den Briefkasten und fand eine Ansichtskarte von ihren Eltern vor. Darauf war das Gebirge, und der Susten-Pass abgebildet. Auf der Rückseite stand: «Wir kommen bald wieder heim, Gruss Papa & Mama».

Myriam legte sachte die Postkarte auf das Matrazenlager, denn das war jetzt ihre neue Schlafstätte. Dann griff sie zum Plattenspieler und legte etwas auf: **«Paroles, Paroles»** von Dalida. Das tönte etwas jazzig.

Es war schon ein kleiner Stapel an Singles zusammen gekommen, und so vertrieb sie sich den Abend damit. Dann nahm sie sich ihre Blue-Jeans vor und schnitt an den Beinen die Innenseite auf, und nähte sie auf ihrer Favta enger. Jetzt konnte sie sich schon besser mit den Stars und ihren Idolen vergleichen. Grosse Bewunderung hegte sie für die «Kessler Zwillinge», die mit den schönen, langen Beinen.

Zur Schule kam sie oft zu spät, und der Mathe Pauker, es war der Parallel-Lehrer, liess sie um 10 Minuten nach Acht nicht mehr ins Klassenzimmer.

Unglücklicherweise war das immer die Geometrie Stunde, welche sie eigentlich sehr liebte, aber regelmässig verschlief. In der Rechenstunde um Zehn Uhr wurde sie dann wieder hereingelassen. Aber sie war so muff, dass sie nicht mehr richtig aufpasste, sondern unter dem Tisch, in einem Schul-Heft auf ihren Knien, Modezeichnungen hinkritzelte. Auch in der Deutsch Stunde begann sie damit, und der Lehrer meinte zu ihr: «Du musst Modezeichnerin werden».

Über Mittag ging sie nicht nach Hause, denn es war ja niemand da. Ein paar hundert Meter weiter oben war die kleine reformierte Kirche. So schlich sie immer durch die angelehnte Türe der Dorfkirche und hörte hingerissen dem Organisten zu. Sie erkannte Bach und Händel, Monteverdi und Improvisationen von Sibelius. Das war ihre andere Welt, die nur ihr allein gehörte.

Am Nachmittag sass sie wieder rechtzeitig an ihrem Pult und kam da wenigistens nicht zu spät. Es knurrte laut, das war ihr Magen.

«Was knurrt denn da?» fragte ihre Nachbarin, und das hörten sogar die anderen. «Ich übe jetzt Bauchreden» verteidigte sie sich scheinheilig.

Patisserie

Am nächsten freien Nachmittag fuhr sie mit dem Velo in die Stadt hinunter in die EPA, und steuerte zu der Vitrine der Patisserie. Sie begann mit Diplomat, es folge eine Crème-Schnitte, ein Éclair und zum Schluss noch ein Caramel-Köpfli. Dann spurtete sie wieder zurück in den Schrebergarten. Die Eltern reisten viel. Sie kamen und gingen. Es wurde Herbst.

Die letzten Tage

Nun folgte das Schwierigste, und zugleich das Natürlichste in Myriam's jungem Leben. Sie radelte weiterhin von einem Ort zum andern, und frass den Emmentaler aus dem Kühlschrank auf, bis nur noch ein kleines Stück vorhanden war, als die Mutter wieder nach Hause kam. Die Eltern waren jetzt nicht mehr so lange fort, das Matrazen-Lager war weggeräumt und der Tisch in der Stube stand wieder in der Mitte an seinem alten Platz. Er war jetzt immer mit grossen Schüsseln belegt, mit den Äpfeln aus ihrem Garten. Es nahte die Zeit ihres vierzehnten Geburtstages.
Sie begann mit allerlei Vorbereitungen wie dem Einkaufen von ein paar Packungen Vanille-und Schokoladencrème, Zucker, Bisquit, Servietten aus buntem Papier, Papp-Becher und ein weisses Tischtuch, ebenfalls aus Papier. Sie wollte sicher gehen und es Mama ersparen, ein bekleckertes Tischtuch zu waschen. Etwa acht Freundinnen aus ihrer Klasse gab sie die Einladungskarten zu ihrem 14ten Geburtstags-Fest. Zeit: Nachmittag um drei Uhr. Sie bat ihre Mutter, nicht zu früh von der

Arbeit zurückzukehren, damit sie mit ihren Freundinnen allein feiern könnte. «Keine Sorge, wir haben sowieso ein Betriebs-Fest in unserer Bude». «Genau am 23sten?» «Ja ganz genau», kam die etwas trockene Antwort.

Das Fest

Der Tag kam und Myriam kochte schon vor Mittag die Schokoladencrème, um sie noch kaltzustellen, auf ihrem Balkon. Das war weiter kein Problem, denn es war November. Der Tisch war gedeckt, der Plattenspieler in Bereitschaft zum pünktlichen Einsatz und der Tisch war reich und voll belegt mit zwei grossen Schüsseln Schokoladencrème und einer mit Vanille. Dazu gab es getrocknete Äpfelschnitze, Rosinen und Nüsse. Zum Glück war der Tisch sehr gross.
Es läutete und die ersten Gäste trafen ein. Sie servierte zuerst Daddys Ahornsirup. Musik erdröhnte aus den beiden Verstärkern und bald war so ein Höllenlärm, dass man das eigene Wort kaum noch verstand. Sirup wurde ausgeschenkt, und die Mädchen machten sich gierig an die Schüsseln heran. Es wurde mehr gelacht als

geredet. Zwei drei Wörter genügten, und schon begann das Gelächter, z.B:

«Lässig», das war das Schlagwort, der sogenannte Code bei den Mädchen dieser Klasse, denn in dieser hatten sie einen Schüler, dem sie diesen Übernamen gaben. Er war der Beste in allen Fächern und vor allem im Kopfrechnen. Er wurde regelrecht bewundert und von Myriam heimlich angehimmelt. Er war schon jetzt sehr gross, schlank, hatte braunes Haar, sanfte Augen und gosse Gelassenheit, aber mehr wusste sie nicht von ihm. Später erfuhr sie, dass er im Erziehungsheim «Gfellergut» wohne, weil er keine Eltern mehr hatte. «Lässig - - aber scho!» Eine andere Schülerin rief dazwischen: «Ernst bleiben, nicht lachen», auf Schweizerdeutsch; Ernscht blibe, nöd lache» «steiff», wieder so ein Wortfetzen der Jungen aus ihrer Klasse. «Endstation, alles aussteigen». Das war das Kommando in der Religionsstunde, worauf sich etwa die halbe Klasse erhob, und unter Geschrei das Zimmer verliess. Man kann sich den armen Pfarrer nur allzuleicht vorstellen, wie der entgeistert dastand.

Die Festbude begann förmlich zu wackeln, ein Nachbar läutete vergebens und der Lärm tobte weiter, bei den Possen, welche die Mädchen trieben. Myriam legte die «**Tutti Frutti**» von Elvis auf, dann musste sie mal auf's Klo.

Es war ihr ein wenig komisch, als sie darauf sass und sie schaute wie zufällig zwischen ihren Beinen in die Klosett-Schüssel hinunter. Da erschrak sie heftig: «Was ist denn das? Alles braun, ich pisse ja die ganze Schokolade wieder hinaus! Da stimmt doch etwas nicht!» Jählings erhob sie sich und zog die Hosen herauf, indem sie ungläubig in die Schüssel starrte. Sie spülte nicht, sondern dachte, dass sie dringend irgend eine Hilfe holen sollte. Vorsichtig verschloss sie das WC. Völlig ratlos stürmte sie in die Feststube zurück und rief überlaut, sodass sie die Musik sogar übertönte:

«Alles Aufhören, sofort aufhören mit der Schokoladencrème, da stimmt etwas nicht! Die Crème kommt gleich wieder unten heraus. Sowas habe ich noch nie erlebt!».

«Was?» riefen die Einen. «So kommt doch bitte selber nachsehen, so komm doch bitte eine». Sie erhoben sich und drängten sich alle zur Toilette, welche Myriam zaghaft aufschloss. «Bitte seht nach, es stimmt, ich lüge nicht!» Da begann eine, den Kopf über die Brille des Klosett's gehalten, laut zu lachen.

«Das ist keine Schokolade, meine Liebe, du hast den Schneider bekommen». «Blut riefen die anderen». «Du hast ja zu deinem Geburtstag die Periode bekommen!» Myriam lispelte: «Ja, schon möglich, aber was ist denn das, mir wird fast schlecht». «Hat dir das deine Mutter noch nicht gesagt?» «Nein, hab noch nie davon gehört». Das Blut lief ihr zwischen den Beinen hinunter und sie klagte: «Was mach ich denn jetzt bloss, muss ich verbluten?» «Das hört schon wieder auf, da nimm erst mal mein Taschentuch», sagte eine sehr mitleidig.

Langsam ging eine nach der andern in die Stube zurück und Myriam legte wieder auf:

«All Shook Up» von Elvis aus 1956. Die Einen nahmen jetzt nicht mehr den Löffel, sondern steckten nur noch den Finger in die Schüsseln und schleckten ihn ab, und fuhren sich mit der Zunge über die Lippen.

Momentan war das Gesellschafts-Benehmen wie aufgehoben. Man quängelte sich auf den Stühlen und grinste einander verlegen an. «Also deine Mutter sollte dich mal aufklären. Du bist ja noch hinter dem Mond! Übrigens trägst du immer noch keinen BH». Schweigen. Eine zog den Ihren aus und schwenkte ihn über den Köpfen. Myriam zündete die Kerzen an und blickte nachdenklich in die Flämmchen. 14 Kerzen brannten jetzt auf dem Tisch in einem Teller und es wurde Abend. Es wurde schon früher dunkel, denn der Winter stand vor der Tür. Nocheinmal ertönte **«Blue Moon, Love Me»** von Elvis Presley aus dem Jahr zuvor. Die Mädchen hatten sich wieder beruhigt, und eine erwartungsvolle Stimmung erfüllte leise den Raum. Photos von Elvis Presley machten die Runde. Was würde wohl die Zukunft bringen? Ein paar Tannenzweige knisterten zwischen den Kerzen auf dem Blechteller und sie liess sie langsam verglimmen.

Jukebox Fifties, Photo Paul Sherman

Das Welschlandjahr

Die Fruit-Bar war an einer Strassen-Raststätte zwischen Lausanne und Genf. Um sie mit dem Zug zu erreichen fuhr man bis Étoi. Hier stieg am Nachmittag ein Mädchen aus Zürich mit ihrem kleinen Gepäck, einem Köfferchen aus und schaute sich suchend auf dem Perron um.

Anfangs Frühjahr veröffentlichten alle guten Tageszeitungen regelmässig Stellen-Angebote für «Au-Pair». Reiche Damen kamen so zu billigen Arbeitskräften mit Schulabgängerinnen. Sie boten Familien-Anschluss und die Möglichkeit, die jeweilige Landes-Sprache zu erlernen.

Auch Myriam studierte diese Inserate, denn sie wollte Französisch lernen. Aber in einen Haushalt wollte sie nicht unbedingt. Sie suchte etwas Anderes.

Da stiess sie auf eine besondere Annonçe:

Fruit-Bar sucht Au-Pair! « Da könnte ich vielleicht einmal Barmaid werden», dachte sie und schrieb die Adresse an: Mme. Colx. Sie erhielt die Zusage.

So stand sie also auf dem Perron, und hörte die Autos in rasendem Tempo auf der anderen Seite, entlang dem Genfersee vorbeiflitzen. Sie wurde nicht abgeholt. Die Geleise hatten nur eine Bretter-Passerelle, diese überquerte sie und lief in Richtung Autostrasse. Von weitem sah sie das Gebäude der Bar. Es stand direkt an der Strasse mit vielen Autos, welche davor parkierten. Raschen Schrittes stand sie bald davor.

Die Bar gefiel ihr auf Anhieb. Daneben war noch ein anderes Gebäude angebaut mit einer erhöhten Überführung, welche die beiden Blöcke miteinander verband. Das musste das Wohnhaus der Madame sein. Auf der anderen Seite stand eine Avia Tankstelle.

Sie ging zuerst auf die Bar zu. Sie war zweistöckig, und hatte seitlich eine runde Fassade und eine abgerundete, grosse prächtige Fensterfront. Voller Erwartung trat sie ein. Unten sassen viele Autofahrer an der Bar. Neben dieser führte eine geschweifte, offene Treppe in den 1ten Stock. Die Madame erwartete sie bereits. Es war eine sehr hübsche junge Frau, eine Blondine, ca. zwischen 30 und 35 Jahren. Sie winkte ihr zu. Mme C. ging zuerst mit ihr in die Küche, die war in der 1ten Etage. Es duftete nach Äpfeln und frisch

Gebackenem. Myriam schnupperte. «Das sind die Apfelwähen, die wirst du dann selber backen. Jetzt zeige ich dir aber zuvor noch meine Wohnung», sprach die Madame. Über die Passerelle gelangten sie direkt in diese.

Das Arbeits-Soll

Es folgte die Auflistung ihres täglichen Arbeitsturnusses. Mme, Colx führte sie ins Badezimmer. Dieses war wunderschön mit blauen Keramik-Kacheln ausstaffiert, und mit vielen goldverchromten Messingstangen verziert. Ovale, goldgerahmte Spiegel blitzten von den Wänden. Es waren nicht nur einer, und sie zeigte auf ihre Badewanne: «Die musst du jeden Tag putzen. Jeden Tag musst du auch meine Nachthemden und die Blusen waschen». Das kam wie aus dem Rohr geschossen. «Jetzt gehen wir in mein Schlafzimmer. Die Betten müssen während deinem Arbeitstag, den du in der Küche hast, gemacht werden und deine Arbeit in der Küche beginnt um 5 Uhr 30. Um 7 Uhr sollst du in meinem Schlafzimmer sein und auch den Boden putzen. Anschliessend machst du das Gleiche im Zimmer meiner Tochter.

Um 8 Uhr, das merke dir besonders, musst du wieder in der Küche zurück sein und die Landarbeiter bedienen. Die essen in der Küche, denen machst du dann das Frühstück. Die Tages-Rationen sind vorgeschrieben und du kannst es auf dem Orientierungsplan ablesen. Dann musst du Gemüse rüsten und dieses kochen für das Mittagessen der Landarbeiter. Du, und das andere Personal essen dann mit ihnen».

Myriam riss die Augen auf und schnappte nach Luft. Das hörte sich an wie Sklavenhaltung.

«Wir gehen jetzt wieder in die Küche und da stelle ich dir Maria vor, welche dir alles weitere zeigt. Nach dem Essen musst du abwaschen. Danach die Äpfel rüsten für die Wähen. Die Arbeiter bringen dann die Aprikosen vom Feld. Damit wirst du Glacé herrichten für die Bar. Auch musst du verschiedene Früchte-Cocktails mixen, ebenfalls für die Bar. Der Schinken im Kühlschrank ist nur für die Bar, ebenso die Brötchen. Ihr bekommt das Landbrot».

Jetzt erschien eine junge Italienerin in der Küche, die war hoch schwanger. «Das ist Maria, sie hat das bis jetzt alles allein getan, und wenn sie niederkommt, musst du bereit sein, ihre Arbeit zu übernehmen. Pausen gibt es jeweils 10 Minuten nach dem Essen und anschliessend geht es durch bis 20:30 Uhr. Dann hast du Feierabend. Maria wird dir dann dein Zimmer zeigen».

Das Personalhaus

Dieses Zimmer war in einem ärmlichen, alten heruntergekommenen Haus, das etwas abseits über der Bahnlinie stand, und ein paar kleine Zimmer hatte. Ihr Raum war direkt anlehnend an Marias Zimmer. Dort hörte sie durch die dünne Wand, wie diese klagte und Wehen hatte. Das Zimmer, das Myriam zugewiesen wurde, war noch ärmlicher als das Haus. An einer schmutzigen Wand stand ein altes Eisengestell mit einer Seegras-Matraze und einer Wolldecke. Ein Krug Wasser stand auf einer alten Kommode und ein Waschtuch lag daneben. Es gab keine Seife. Der Boden bestand aus einfachen Brettern. Der Weg von der Bar zu diesem Haus betrug ca. ein Kilometer. Sie war im März angekommen. Es war also noch Frühjahr und am Abend, wenn sie dorthin ging, war es schon dunkel. Am Morgen um halb sechs, war es aber auch noch dunkel, wenn sie zur Arbeit gehen musste, und dies musste sie schon um 5 Uhr 15, um rechtzeitig dort zu sein. Myriam dachte schon am ersten Tag, dass das ein Reinfall war. Aber sie wollte es erst einmal probieren, ob sie das alles schaffen würde.

Der Lohn war 30 Franken im Monat. Das wäre ja nicht so schlimm gewesen, wenn nur das Pensum nicht so immens gewesen wäre. Dabei gab es strenge Vorschriften über die Mahlzeiten.

Käse gab es nur einmal die Woche und nur 30 Gramm. Dazu bekamen sie ein wenig Kochbutter. Alle Mahlzeiten musste sie mit den vielen, immer schmutzigen Landarbeitern und dem übrigen kleinen Personal einnehmen. Gesprochen wurde kaum. Eine Putzfrau gab es nicht. Der Kellner der Bar musste selber den Boden reinigen und dazu noch die ganzen Toiletten. Dies machte jeweils auch abwechslungsweise die Servier- Tochter. Mit der freundete Myriam sich zuerst an. Vor Nicolas, dem Kellner, nahm sie sich in acht.

Myriam dachte:

«Und dafür bin ich hergereist, und dafür habe ich 2 Jahre Sekundarschule hinter mir. Hier lerne ich ja kaum etwas Französisch». Während sie das Zimmermädchen machte im anderen Trakt, hörte sie Klavier spielen. Dies war von der Tochter. Sie spielte so schön das Stück von Beethoven: **«Albumblatt für Elise».** Es kamen ihr die Tränen, dass sie das anhören musste, während sie den Dreck machte, obwohl dieser gar nicht vorhanden war; sie war ja ständig am putzen.

Das Schlimmste war das Abwaschen.

Die Landarbeiter, welche auf der Passerelle vorbeigingen höhnten: «Selberschuld! Sieht ganz so aus, als ob die von zu Hause abgehauen ist».

Jetzt glaubte die komische Dame noch, sie sollte auch Hemden bügeln. Aber das lehnte Myriam rundweg ab. «Dazu fehlt mir die Zeit!» Die

Madame lenkte ein, und meinte: «Verschieben wir das auf später».

Aber sie hatte noch nicht genug: «Du sollst aber zwei Mal die Woche, am Nachmittag, die Fenster der Bar reinigen!»

Eine einzige Freude war für das Mädchen das Glaçe machen und das Wähen backen. Bei dem Eis begann sie unbemerkt zu naschen. Auch legte sie Wähenstücke für sich auf die Seite.

Während ihrer Arbeit in der Küche hörte sie Musik vom Untergeschoss heraufdringen. **«Milord»**. Da ging sie kurzentschlossen in die Bar hinunter und suchte nach der Quelle. Richtig, sie fand diese. Es war eine wunderschöne Jukebox. Aufgeregt suchte sie auf all den Wahlschildern nach dem Titel. Sie las:

Es war von Edith Piaf. Da gab es noch weitere von ihr wie **«La Vie en Rose»**. Schnell kramte sie eine Münze hervor, warf sie ein und wählte die Nummer. Doch sie konnte nicht lange auf den Beginn warten, sofort eilte sie wieder die Treppe hoch, zurück in die Küche. Da gab es jetzt also noch etwas anderes, was ihr Freude machte.

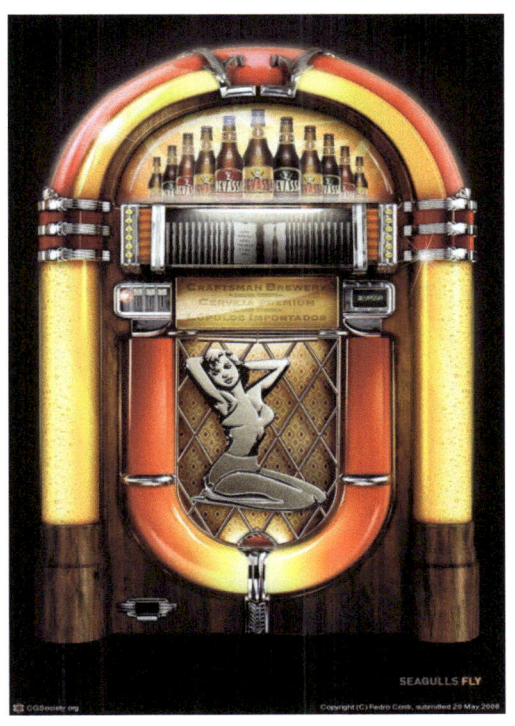

Jukebox Devassa, Photo BemLoira

Wenn sie sich dann nach Feierabend müde in ihr Bett warf, hörte sie nicht mal mehr den Zug, der immer wieder vorbeifuhr.
Aber sie hörte das Gezeter von Maria mit Illario, ihrem Mann, nebenan. Er arbeitete in der grossen Obstplantage des Besitzers der Bar.

Maria hatte immer häufiger die Wehen und eines Morgens erschien sie nicht mehr zur Arbeit. Die Niederkunft stand bevor, oder hatte bereits stattgefunden. Man wusste nichts. Die Serviertochter, sie hiess Irène, meinte zu Myriam: «Du wirst nichts als ausgenützt. Wenn du nicht mehr kannst, so komm zu mir nach Lausanne, ich habe da zwei kleine Kinder mit meinem Mann. Die könntest du hüten und einwenig Haushalt machen. Es ist nicht viel. Hier, nimm meine Adresse, aber sage der Madame nichs davon!»
Es wurde Sommer und Maria erschien wieder, sehr mager und bleich. Der Türk ging weiter. Sie hatte zwar die schwere Zeit überbrückt, aber es war ihr das Lachen vergangen.

Da erschien an einem schönen Tag ihre liebe Tante aus Zürich. Sie war entsetzt als sie Myriam sah: «Wie siehst du denn aus? Bist ja mager wie ein Stecken geworden. Aber deine Hände, zeig mal her, die sind ja ganz geschwollen, und die Nägel sind abgebrochen, das sieht ja komisch aus. Frisst du dir die Nägel ab? Furchtbar! Du musst zuviel arbeiten! Das ist nicht recht, das ist nicht's für dich!».
«Ach liebe Tante Lina, es würde mir ja so gefallen, wenn nur der Stress nicht wäre. Es geht einfach pausenlos von früh bis spät». Die alte Dame

begehrte auf: «Ich such dir was anderes», und nach einer Pause fügte sie zu: «Wenn du willst!».

«Aber ich habe ja noch gar kein Französisch gelernt».

«Geh in Lausanne in eine Abendschule».

«Kann ich ja nicht, wenn ich erst um halb neun Feierabend habe».

«Arme Myriam, ich spreche noch mit der Serviertochter, ich muss jetzt erst mal nach Zürich. Mal sehen was sich machen lässt». Myriam packte ihr noch ein grosses Stück Aprikosenwähe in die Handtasche, und versprach, wöchentlich zu schreiben. Sie begleitete die liebe Frau die Treppen hinunter zur Bar.

Es gab wieder Musik. Ein paar Herren und Damen sassen an der Bar, und löffelten aus einer Eis-Cup oder tranken Wein . **«Salade de Fruit»,** es erklang so harmlos wie nur irgend etwas aus der Musikbox. «Joli, Joli, Joliii --- tu plais à ta Mère, tu plais à ton père ».

«Denk daran, das machen wir schon gut, du gefällst deiner Mutter, du gefällst auch Vater», rief die Tante im hinausgehen.

Da geschah ein Wunder.

Aber Wunder erscheinen oft anders, und sehen manchmal anfangs gar nicht danach aus, und sie können sich sehr unangenehm ankündigen.

Das war so: in den Toiletten im Untergeschoss gab es eine fürchterliche Überschwemmung. Es begann sehr übel zu riechen, und die Madame schoss wie eine Phyton aus ihrem Trakt hervor: «Myriam, schnell, nimm Kübel, so viel du kannst und geh runter das Wasser ausschöpfen!»

Als Myriam unten ankam, schwoll ihr ein solcher Gestank entgegen dass es ihr übel wurde, aber nicht nur dies, die Kloake stand schon knöcheltief über dem Boden.

«Das mache ich nicht», dachte sie. Vorsichtig und leise schlich sie wieder hinauf, streifte die Arbeitsschürze ab, sah sich um, wie um sich zu vergewissern, dass sie im Moment nicht beachtet würde, und dann rannte sie aus der Bar.

Die Aufregung war zu gross, und so wurde sie von niemandem gesehen, wie sie eilig nach dem Bahnhof spurtete, die Passerelle überquerte und das Bediensteten-Haus mit ihrem kümmerlichen Schlag ansteuerte. Sie erreichte es glücklich. Eiligst packte sie ihre Siebensachen, zählte das Geld in ihrem Porte-Monnaie, las noch einmal die Anschrift der Serviertochter und wartete bis es dunkel wurde, wobei sie auf die Zeit der vorbeifahrenden Züge achtete und diese auf der Uhr genau kontrollierte. Richtig, immer nach 20 Minuten der vollen Stunde, fuhr ein Zug im Bahnhof ein und 5 Minuten danach fuhr er weiter.

Es war eine helle Mondnacht, als sie die Flucht ergriff. Mit dem Gepäck über dem Rücken, tief gebückt, so dass sie in dem flachen, kahlen Gelände von der Bar aus niemand sehen konnte, schlich sie den Geleisen nach. Ununterbrochen buckelte sie in den Knien mit ihrer Last auf den Schultern .

Der Abend war warm und sie schwitzte schon. Doch sie erreichte rechtzeitig den Zug nach Lausanne. Scheinwerfer der Autostrasse erhellten zwar das Gelände, aber bis zu den Geleisen drangen sie nicht. Sie hörte das Zirpen der Grillen und spitzte die Ohren nach dem Geräusch des Zuges. Sie durfte ihn nicht verpassen und wusste nicht genau, wie weit die nächste Station entfernt war, denn sie wollte nicht auf die Selbe gehen, auf der sie angekommen war. Dort hätte man sie entdecken können.

Da kam der Zug eingefahren.

Es war zwanzig Minuten nach neun als sie abfuhr und sie kam noch vor 22 Uhr in Renens, Malley an. Hastig stieg sie aus, bevor der Zug nach Lausanne weiterfuhr.

Es war ein schöner Sommerabend, und sie liess sich Zeit, die Adresse zu finden. Eine mit Pappeln gesäumte Bergstrasse tat sich vor ihr auf.

Sie schlenderte die Rue Malley hinauf und dachte daran, dass sie jetzt den Zahltag verpasst hatte, der übermorgen gewesen wäre. Doch das war ihr jetzt soo egal, sie war einfach nur froh, dieser Schufterei und dieser Hölle entronnen zu sein.

Ankunft in Malley

Endlich stand sie vor dem stattlichen Haus der angegebenen Adresse: «Richtig, der Name stimmt, «Cordey». Sie läutete, es war schon nach 22 Uhr, dann hörte sie Schritte im Korridor, und ein sehr sympatischer, gutaussehender jüngerer Herr, ca fünfunddreissig, öffnete. Mit grossen Augen sah sie ihn an: «Ich bin die Myriam».

«Ja dich habe ich erwartet. Irène hat mir telefoniert. Komm schnell rein, damit dich vorest niemand sieht. Die Sache muss noch eine Weile unter uns bleiben bis alles abgeklärt ist. Komm nur, keine Angst, wird schon. Ich bin jetzt dein Monsieur.

Du kannst das Zimmer der Schwester meiner Frau haben, aber mach leise. Daneben ist das Zimmer unserer kleinen Kinder, wir wollen sie nicht aufwecken. Es ist ein Baby und ein 4 ½ jähriger Bub. Jetzt ruh dich mal gründlich aus. Morgen mache ich Kaffee und zeige dir alles.

Madame kommt erst wieder nach ein paar Tagen nach Hause, denn sie schläft dort unten in der Bar, bis ihr Turnus zu Ende ist und sie abgelöst wird».

«Was machen die jetzt ohne mich?», fragte Myriam. «So wie zuvor, vergiss es!».

«Werden die mich suchen?», «Wohl kaum!»

Der Herr war wirklich freundlich und hatte Verständnis.

«Bonne nuit», nickte er ihr zu, und verschwand im Schlafzimmer.

Paul-Alain und Jasmin waren schon früh wach. Corday zeigte ihr das Schoppen machen während er Kaffee aufsetzte. Er holte die Kleine aus ihrem Bettchen und Myriam stand daneben, als er sie wickelte. Am Schluss puderte er das Baby und streckte die Nase in das noch offene Bündel und schmuste es zwischen den Beinchen, dass dieses vor lauter Vergnügen lächelte, strampelte und quitschte.

So ein lieber Vater, dachte Myriam und wie das alles gepflegt hergeht. Sie war entzückt und voll begeistert.

Er musste jetzt schnell zur Arbeit, es war schon etwas nach Acht. Den ganzen Tag war sie jetzt mit diesen Kindern und sie schwamm im Glück. Sie wickelte sorgfältig das Baby, sogar einmal zuviel und gab ihm Küsschen, und den Schoppen. Paul-Alain hatte heute frei, denn es war Samstag. Die nächste Woche musste er in den Kindergarten.

Er war sehr lieb und redete einfach drauflos mit Myriam. Sie plapperte ihm alles nach und kramte die Worte wieder hervor, welche sie im Französisch-Fach der Sekundarschule schon gelernt hatte. Der kleine Mann gab sich sichtlich

Mühe, ihr etwas beizubringen und tat das mit Stolz:

«Tu aurait du dire: Si je l'aurait su, je n'serai pas venu». Sie verstand und nickte ihm zu und sprach ihm nach. «In diesem Conditionnel passé, der ist nicht dumm», staunte sie.

So, jetzt war die Sache wieder ins richtige Lot gekommen. Am Tag schob sie mit der Kleinen die Poussette herum, lernte bald wo die Läden waren, kochte Poireau und Speck, nahm endlich mal ein Bad und so war sie ein Kindermädchen geworden. Am Abend, wenn der Patron nach Hause kam, konnte sie danach eine Abendschule in der City besuchen, für Französisch, und konnte anschliessend noch etwas spazieren. Aber gern ging sie bald wieder zu den Kindern zurück.

Auf ihrem Abendrundgang begegnete sie einem Jungen aus der Nachbarschaft. Er fing an sie zu begleiten und sie bekam Gelegenheit zu sprechen. Manchmal sah sie François schon am frühen Abend, wenn sie mit dem Kinderwagen nach Hause ging. Er arbeitete in einer Fabrik und stempelte um fünf Uhr. Sie mochte ihn ganz gut, denn er war sehr hübsch und sehr anständig.

Im Sprachkurs lernte sie ein Fräulein aus Bern kennen. Sie hatten grosse Freude aneinander und befreundeten sich alsbald.

Gemeinsam schmiedeten sie Pläne für ihre Freizeit, und beschlossen etwas zu nähen, was noch niemand hat. Die beiden nähten sich ein tolles Kleid im Stil Petticoat mit Carré-Muster und Spitzen. Die Freundin wählte hellblau und Myriam rosa. Die grosszügige Patronne überliess ihnen ihre Nähmaschine. Der Stoff war nicht teuer, wie die weissen Spitzen auch nicht. Sie kauften sich noch einen Reifenunterrock im Warenhaus Placette dazu, und so bekamen sie weite Glockenröcke, wie das eben neu in Mode war.

An einem freien Sonntag reisten sie dann zusammen nach Genf und fotografierten sich gegenseitig vor der Uhr im schönen Blumenbeet. Sie schlenderten über die Brücke und liessen sich bewundern.

Sie spazierten auf und ab , und erzählten sich ihre Erfahrungen. Als sie vor dem Geländer der Brücke, vor dem Wahrzeichen der hohen Fontaine im Genfersee standen, kam ein Fotograf auf sie zu und fragte, ob er ein paar Modeaufnahmen machen dürfe.

Begeistert willigten sie ein und er knippste ein paarmal. Sie waren schon voller Hoffnung, dass sie in einem Modeblatt abgebildet würden.

«Kommt das in der Annabelle?» fragten sie ihn.

«Das weiss ich jetzt noch nicht genau, aber ein Modeblatt wird die Fotos sicher nehmen!»

Es kam noch ein eleganter Herr vorbei und wollte die Beiden einladen. Er sagte dass er Diplomat wäre und eine Frau suche zum Heiraten.

«Aber sie kennen uns ja überhaupt nicht», warf Myriam ein. «Eben, kommt mit, dort drüben ist eine kleine Bar». Sie überlegten, dann schob Myriam unbemerkt dem Herrn einen kleinen Zettel mit ihrer Adresse von Lausanne in seine Westentasche. Die andere sah es nicht. Sie stupsten einander, «Wollen wir?» Aber sie hatten keinen Mut, bekamen Angst und lehnten höflich ab. Leider.

Als sie wieder heimkehrten, war nur die Madame da, sie erzählten ihr stolz von ihrem Genfer-Erlebnis.

Sie freuten sich noch lange über den gelungenen Nachmittag in Genf, «bald werden wir berühmt», schmunzelten die Beiden.

Myriam nähte und flickte auch für die liebe Patronne, quasi zum Dank, etwas auf der Nähmaschine.

SEXTETT?

Dummerweise, als die Madame aber wieder unten in der Fruit-Bar war, kam Nicolas, der Kellner, den sie ablöste, wieder rauf. In der

Wohnung ging er ein und aus wie ein Familien-Angehöriger. Eines Abends, als das Mädchen allein war, kam er wieder. Er ging ins Badezimmer und liess die Türe offen und rief, bring mir dies und bring mir das: « Bring mir ein Badetuch und eine Seife!» Zuerst zögerte sie und dachte: «Was braucht der jetzt ein Badetuch, die sind ja alle drin, oder er hätte sich ein anderes mitnehmen können?». Aber er rief wieder und wieder:

«Bring mir das Badetuch!» Jetzt wurde sie neugierig und ging durch die offene Tür. Nicolas, ein braungebrannter schöner Mann, sass nackt in der Wanne und wollte, dass sie näher treten sollte. Aber sie protestierte:

«Ich sag das dem Patron und der Madame», und sie kehrte ihm eilig den Rücken.

Aber an diesem Abend kam auch die Irène nach Hause, ihr Mann war nicht da und die Beiden gingen in das eheliche Schlafzimmer.

Ein andermal, als die Madame wieder zu Hause war, sass Nicolas wieder in der Wanne und ging anschliessend zu der Madame in ihr Zimmer.

«Da muss ich ja nichts mehr sagen», dachte sie, «und ich will es mir hier nicht verderben», und sie schwieg. Ob das der Patron wohl wusste?

Er war abends immer so lange fort und kam manchmal erst nach Mitternacht zurück. Manchmal lud er sie am Abend zu einer Glaçe in ein nettes Lokal ein. Sie hatte grosse Freude und konnte sich schon ganz gut mit ihm unterhalten, aber über die Sache schwieg sie. Und diese Tête-à-tête, so nannte sie es jedenfalls, wenn sie auch ahnte, dass es mehr war, diese Sache kam immer öfter vor. «Wenn das nur kein Drama gibt», so fürchtete sie sich für die Familie.

Aber jetzt kam es ganz gerissen, so richtig dick. Sie teilte ihr Zimmer mit der Schwester der Madame, diese hiess Thérèse. Auch sie kam oft an Wochenenden in das andere Bett zum Schlafen. Aber manchmal, sehr leise, verliess sie dieses etwa für eine oder zwei Stunden und ging ins Zimmer vom Patron, immer dann, wenn die ältere Schwester mal nicht da war. Vielleicht war Nicolas da, oder der Patron?

Nun aber, eines abends, als Myriam schon im Bett war, kam diese wieder, aber nicht allein. Sie brachte ihren Chérie mit. Das Zimmer lag im Dunkeln und sie machten kein Licht. Sie dachten das Kindermädchen sei gar nicht da, oder würde schon schlafen. Und so tat es dieses auch, sie stellte sich schlafend und zog rasch die Decke über den Kopf, sodass es aussah als ob sie gar nicht vorhanden wäre.

Die Beiden stiegen miteinander ins Bett und bald schon ging es los. Sie hörte das Quitschen der Matraze und es ging rauf und runter. Dann begann Thérese zu stöhnen: «Oh Jean-Claude, oh quel Paradis, encore, plus fort», und sie wiederholte immer wieder das Gleiche: «Oh quel Paradis».

Myriam blieb mäuschenstill, mit heissen Ohren unter der Decke und dachte: »die spinnt ja!». Dann gab es endlich Ruhe und beide schliefen ein. Doch Myriam lag noch länger wach und dachte nach:

«Eine Gefahr gab es hier für alle, denn wenn Paul-Alain, der kleine Junge etwas mitbekam, und irgendetwas plapperte, von dem Einen oder Andern, dann könnte es ein Beben geben. Thérese durfte nicht wissen, dass es Madame mit Nicolas trieb, denn so hätte sie diese erpressen können, Der Patron durfte es auch nicht wissen, er durfte nicht wissen, dass Thérese es mit Jean-Claude trieb, weil er keine uneheliche Beziehung dulden würde, und Nicolas und Jean-Claude durften nicht wissen, dass es Thérese mit dem Patron trieb. Aber vor allem durfte er nicht wissen, dass Nicolas zu der Madame ging.

Das war etwas, was Myriam auch schon lange entdeckt hatte, und so kam ihr der Gedanke, dass Nicolas das Sextett mit ihr vervollständigen wollte, oder es zumindest versucht hatte.

In diesem Fall wäre aber allen Beteiligten alles bekannt gewesen. Könnte auch sein. Fehlte nur noch, weshalb der Patron nachts so lange ausblieb, und wo er sich so lange aufhielt. Die beste Kontrolle hatte sie immer, wenn sie am anderen morgen die Betten machte und die Laken wechselte. Sie wahrte das Geheimnis für sich, und sie schwieg.

Auch der moderne Mensch von heute denkt da etwas anders. Unsere Welt heuchelt Sitten und Moral vor, und sie werden von den Andern wie Fallstricke verwendet, um sich unliebsame Gegenspieler vom Leib zu schaffen. Oder sie tun es um an ihre Macht zu gelangen. Und von wem wuden diese Sittengesetze erschaffen? Nicht von den Liebenden, nicht von solchen, die ihre Liebe verstecken müssen und sich nur heimlich zu lieben wagen.

Metropolitain

An einem Abend, als sie vom Französisch-Unterricht durch Lausanne nach Hause schlenderte, fiel ihr das «Metropolitain» auf. Sie stand davor und las: Zutritt ab 18 Jahren. Es war ein Tanzlokal und ein stark besuchter Treffpunkt. Sie konnte unbemerkt hineinschlüpfen und befand sich sofort unter einer Menge von jungen

Leuten. Das Lokal war riesengross, wie eine Halle und hatte auch eine breite offene Wendeltreppe ins Obergeschoss.

Es wurde getanzt und die Musikbox ersetzte die Kappelle. Eine erhöhte Balustrade mit Tischen war für die Gäste da. Unter dieser stellte sie sich hin und lehnte an. Daneben stand eine Jukebox, und sie betrachtete die Tänzer. Es wurde Rock' n' Roll getanzt und sie wurde auch aufgefordert. Aber sie wartete noch. Sie wollte erst mal zusehen.

Die Box spielte soeben: **«Blue Suede Shoes»,** dann **«Love Me Tender»** von Elvis Presley.

Neue Paare begaben sich auf die Tanzfläche und tanzten zu Elvis Rock'n'Roll. Alle Damen trugen kurze Röcke, die Herren waren in Krawatte und Veston.

Völlig vergessen stand sie da, und bemerkte nicht einmal, dass sie jemand von oben betrachtete. Sie trug wieder ihr selbstgenähtes Kleid, mit dem sie solchen Erfolg hatte in Genf. Dabei dachte sie kurz an den Diplomaten.

Sie glaubte die Thérese zu erkennen, aber sie war sich nicht sicher, «»Viel zu elegant», dachte sie.

Die Atmosphäre war berauschend. Einer der Tänzer ging in die Knie und beugte sich nach hinten.

Nun kam aber ein ganz junger und hübscher Bursche und zog sie auf den Tanzboden, und holte sie wieder zurück aus ihren Gedanken.

Er hatte eine Tolle. Und er brachte sie so richtig
in Schwung

Baby I don't care
Let's rock

Dann spielte die Box etwas von Aznavour. Es ging
mit französcischen Chansons weiter, jetzt kein
Rock mehr: **«Nathalie»,** von Gilbert Bécaud,
wurde gewählt.

Sie ging zurück zur Balustrade, und lehnte sich an. Sie wollte nicht an den Tisch zu dem Jungen gehen. Bald würde sie hier raus müssen. Aber da rief ihr einer von der Empore herab etwas zu, sie solle doch zu ihm hinauf kommen. Sie blickte hoch. Der sah aus wie ein richtiger Star. Er winkte ihr zu und sie konnte nicht wiederstehen, stieg hinauf, und setzte sich neben ihn. Er sprach nur Französisch, und sie hatte etwas Mühe, ihn bei dem Lärm zu verstehen.

«Tu es Swiss Allemende?» «Oui». Er fragte ob sie hier in einem Internat wohne. Sie verneinte. Da kam ihr in den Sinn, dass es schon bald Elf Uhr würde, und da sollte sie nach der Abendschule wieder zuhause sein. Er wollte sie unbedingt wieder sehen, und so gab sie ihm das Wort, am nächsten freien Tag, am Strand unten in der ersten Kurve, auf ihn zu warten.

Ouchy

Am Tag der Abmachung ging sie zur vereinbarten Zeit an den Strand runter von Ouchy. Es war immer noch sehr heiss. Mitte August. Sie ging zu Fuss und trug wie meistens ihre Bluejeans. Darunter hatte sie ein Badekleid. Sie begann zu schwitzen, lief immer langsamer und wurde etwas nachdenklich. Sie hatte auch schon Angst vor dem Treffen. Dieser schöne fremde Mann war doch eine Grösse zu viel für sie. Ihre Wangen begannen zu brennen und röteten sich immer mehr.

Über den spärlich mit Gras bewachsenen Sand schritt sie missmutig voran. «Ich glaube ich sollte lieber nicht hingehen, ich kehre gleich wieder um», dachte sie, während sie unter ein paar Bäumen dahinschritt. Aber da sah sie ihn aufeinmal vor sich. Er erschien wie aus dem Nichts. «Ist das ein Nirwana?», dachte sie. «Ach nein, dann wäre ich ja schon halb tot oder so, nein das ist eher eine Fata Morgana, schon möglich bei der Hitze».

Er zog sie sofort an sich und begann sie zu verküssen. Sie entschlüpfte ihm und wollte irgendetwas sagen, aber er zog sie hinunter in das Steppengras und liess sie nicht los. Da sassen sie nebeneinander. Er streichelte sie über die Schultern und hielt sie fest. Vor ihnen lag der Genfersee mit seinen vielen Segelbooten: «Regard, que c'est joli!» Er sprach also doch etwas. Er wollte mit ihr baden gehen. Sie lehnte ab. Sie würde die Jeans nicht ausziehen war ihr fester Entschluss. Er hatte ein Transister -Radio dabei, stellte es an und es erklang: **«La Mer».**

«C'est Charles Trénet», Tu connais?» « Oui, c'est beaux ». und sie schaute ihn von der Seite an und betrachtete ihn nachdenklich. Erneute Zweifel stiegen in ihr hoch: «Das ist ja gar nicht der Gleiche von dem Metropolitain, oder doch?» Aber am Tag sah alles viel anders aus als in der Nacht. In dem Fall hätte jener einem andern etwas von dem Treffen erzählt, und dieser wäre ihm zuvorgekommen.

Sie sassen im sonnen-verbrannten Gras und es biss sie überall. «Wie heisst du?», fragte sie. «Johnny», gab der zu erkennen. «Hm, Johnny Halliday». «Mais oui, mais oui». «Der lügt ja wie gedruckt!» Sie hatte den Film mit ihm gesehen: Les Diaboliques aus 1954, von Clouzot.
«Je suis Edith Piaf», sagte sie witzig und er lachte und zog sie wieder an sich. Indem er immer noch ihre Hand in der seinen fest umschlossen hielt, streckte er sich der Länge nach hin und zog sie mit sich hinunter. Er summte ein Liedchen: **«J'ai une pouppée, qui fait non, non, non, non, non».** Bald waren seine Hände überall, vor allem an ihren Hosenknöpfen. «Assez!» schrie sie, und wehrte ihn ab. «Was hast du denn da», fummelte

er an ihr herum. Er wollte nicht loslassen sondern drückte sie hinunter. Bald war er über ihr. Sie grub mit der einen Hand in den Sand, und schütttete ihm diesen in sein offenes Hemd. Er erschrak darob heftig und war ausser sich. Sie nutzte die Gelegenheit, zwängte sich ruckartig hervor und konnte gerade noch davonspringen. Und wie sie rannte! Er hinterher, und er folgte ihr noch ein ganzes Stück. Ein paarmal sah sie sich noch um, vielleicht hatte sie ihn abgehängt. Er dürfte nicht erfahren wo sie wohnt.

Über ihr brannte die Sonne erbarmungslos nieder, aber sie rannte immer noch atemlos weiter, zurück nach Malley. Auf der Bergstrasse dorthin, stand François, der nette Junge, mit dem sie bis jetzt immer am Abend spazieren ging. Er kam auf sie zu und hielt sie an: «Was hast du?» fragte er zornig. Sie machte grosse Augen.»Du treibst dich herum!» «Nein nein, es ist nichts» Aber er glaubte ihr nicht: «Tu m'as eu, comme ça tu es! C'est fini!» «Du weisst gar nichts» rief sie trotzig und beleidigt und lief weg.

Langsam trottete sie dem Haus ihres Patrons entgegen. Dort angekommen erwartete sie bereits schon seine Frau.

«Wie siehst du denn aus? Du bist ja ganz rot, was
hast du getan?» «Nichts, es war einfach zu heiss».
«Du lügst, du treibst dich mit den Burschen
herum!» Sie gab ihr eine Ohrfeige. Myriam rief
erschrocken: «Aber ich kenne sie ja gar nicht
mehr, sind sie nicht mehr ganz, Madame?». «Du

wirst mich jetzt gleich kennenlernen!» «Ich habe ja nichts getan! Es ist nichts passiert! Vous n'êtes pas une --- sie stockte und wollte sagen: Sainte, non plus» ---- aber sie brachte nur stotternd das Wort «Reine» hervor. Anstatt zu sagen: «Sie sind auch keine Heilige», kam ebenso blöd, oder noch unpassender heraus: «Sie sind auch keine Königin».

Dann bekam sie noch eine Ohrfeige auf die andere Seite. Es war ihr egal, dass die Wangen jetzt noch mehr brannten, aber es tat ihr leid, dass die Madame so aufgebracht und wütend war. «Ich bitte um Entschuldigung», flehte sie. «Ich habe einen Sonnenstich», kramte sie linkisch hervor.

«Eine Woche kein Ausgang mehr, hörst du?» «Ja sicher, ich bleib lieber wieder bei den Kindern». «Das kommt mir nicht mehr vor, ich weiss alles, ganz genau». Die Tirade wollte nicht mehr enden. «So seien sie doch wieder gut zu mir! Das ist doch alles nur ein Theater». «So?, meinst du?»

Die Madame verliess das Zimmer. Myriam folgte ihr, dann ging sie in die Küche und nahm einen Schluck aus der Weinflasche. Sie drehte sich um und wischte sich mit dem Handrücken über den Mund.

Da stand die Patronne wieder in der Tür. Myriam rief: «Hören sie, ich backe ihnen einen Kuchen, eine Apfeltorte, was sie wollen, oder ich nähe ihnen ein Kleid!» Das Schneidern hatte sie bereits bei ihrer Tante in Zürich gelernt, denn diese war Berufs-Schneiderin. Dort hatte sie ihr schon alles Nötige abgeguckt, vom Zuschneiden, bis zum Nähen, samt Knopfloch und Kragen. Sie fand wieder zu ihrer Selbstsicherheit zurück:

«Kommen sie, nehmen sie auch ein Glas aus der Flasche, ist noch halbvoll!» «Ich glaube eher du bist halbvoll, voller Blödsinn, aber noch nicht volljährig. Ist dir das klar?» «Ja ich weiss, Madame, ich bin nur ein Teenager, ein armer Teenager, die sich nichts als wehren muss!», und sie wischte sich eine Träne aus den Augen. Irènes Gesichtszüge waren wieder etwas milder und freundlicher geworden, und sie beruhigte sich allmählich. Sie war eine sehr schöne, gepflegte Frau, etwas mollig, aber auch gross und so war sie um so imposanter. Sie verstömte immer einen angenehmen Duft und Myriam liebte diese

Parfüms, wie sie auch die Madame liebte. Das Gewitter war vorbei.

Weinlese

Es wurde Hebst und die Weinlese stand bevor. Eines Abends, es war schon kühler geworden, fragte sie Thérese, ob sie auch mitmachen wolle. Sie war inzwischen verlobt mit Jean-Claude und der war auch da. Er hatte einen ländlichen Geruch und war nicht sehr hübsch. Sein Gesicht war etwas breit, herb und kantig. Er hatte blondes schütteres Haar, seine Nase war schief, rot und etwas zu gross und sein kurzer Hals steckte ihm in den breiten Schultern. Er trug karierte Hemden und seine Hosen waren meist schmutzig und etwas zu kurz. «Ein Bretone, der könnte aus der Bretagne sein», rätselte sie. Aber er war der Sohn eines reichen Winzers und so war es Myriam klar, was Thérese an ihm fand.

Nach einigem Überlegen fragte sie gerade heraus: »Was bekomme ich dafür?» «Das siehst du dann am Schluss, alle werden etwas bekommen!» «Aber was, muss ich dort Trauben lesen?»
«Klar, was denn sonst, jedenfalls keine Erdbeeren!» Jean-Claude grinste breit übers ganze Gesicht. «Und die anderen, wer sind

diese?» «Das sind Leute die jedes Jahr wiederkommen, von überall her, sogar von der anderen Seite des Lac Léman».

»Können die auch noch etwas anderes lesen als Trauben oder sind das noch Analphabeten?»

«Du fragst etwas viel, kommst du jetzt oder nicht?» «Wie lange?» «So zwei bis drei Wochen, je nach dem Wetter, morgen früh fahren wir los, um halb fünf Uhr musst du bereit sein». «Also gut», sie willigte ein. «Pack noch einen warmen Pullover ein, gute Nacht».

Der Wecker läutete sie aus dem Schlaf. Mit einer schmutzigen Limousine fuhren sie zu dritt Richtung Étoi, Morges. Es war noch dunkel und ein rauher Wind blies ihnen bei ihrer Ankunft entgegen. Als es zu dämmern begann, zeigten sich am Himmel lange rosa-rote Wolkenbänke. «Wird nicht gut, das Wetter heute», sagte Jean-Claude und führte sie in das Bauernhaus hinein. In der Küche sassen schon viele Weinleser um den langen hölzernen Tisch herum und schlürften heissen Kaffee. Ein grosser Laib dunkles Brot lag auf dem Tisch und in der Mitte prangte ein angeschnittener Laib Käse. Das Brot wurde eben aufgeschnitten und verteilt. Sie packte kräftig zu, und das vor allem beim Käse. Thérèse war verschwunden und so sass sie allein unter den fröhlich schwatzenden Leuten.

»Es wird Schnee geben, oh du heiliger Cyriak, heute schon. Schade, kein Jahr ist wie das andere«, bemerkte ihr Nachbar. Myriam griff nach ihrer Tragtasche und krammte ihren Mohair-Pullover hervor. Die bäuerlichen Leute zogen sich ihre Windjacken über und standen auf.

Draussen erwartete sie eine lange hölzerne Karre welche an einen Traktor angehängt war. Die Karre war wie ein offener Bretter-Verschlag so wie um Leichen abzutransportieren, und es begann leise zu schneien. Die Traubenstöcke standen noch voll in Frucht und der Schnee legte sich unaufhaltsam darauf. Er legte sich auch auf Myriams Pullover und sie schüttelte ihn andauernd wieder weg, während ihrer Fahrt zu ihrer Parzelle hinauf. Ihre Beine, sowie die der anderen baumelten über die Tragfläche der Karre und sie froren bereits an Händen und Füssen.

Manche zogen eine Schnapsflasche hervor und nahmen einen Schluck. Die Männer und Frauen hier waren sich schon alles gewohnt, und ihre Stimmung war nicht schlechter als zuvor in der Bauernküche. Der Traktor hielt an, alle sprangen vom Wagen, schulterten sich einen Behälter auf den Rücken und reichten auch Myriam eine Tausse. Ein Winzer winkte ihr, ihm zu folgen. Dann befand sie sich zwischen den vollen Rebstöcken hinter ihm und machte ihm die Arbeit nach. Es schneite immer noch ein wenig und die Armstösse ihres Mohairpullovers waren inzwischen gefroren. Vom andauernden Bücken bekam sie auch bald Magenbrennen, denn dieser war sich der rauhen Kost nicht gewohnt. In Lausanne gab es immer Gipfeli mit Butter und Konfitüre und Milchkaffee. Hier war der Kaffee schwarz, beinahe ohne Milch und der Käse war zu fett. Niemand sprach jetzt mehr, kein Wort vernahm sie, alle pflückten wie emsige Bienen. Mit steifen Fingern umklammerte sie die Kluppe und sie spürte wieder die Schwielen an den Händen von der Arbeit her aus der Fruit-Bar. Der Schnee glitt ihr in den Kragen und sie begann am ganzen Körper zu frieren. «Vom Regen in die Traufe», dachte sie enttäuscht.

Es schneite noch zwei Tage, dann wurde es wieder etwas wärmer, aber es regnete partout die ganze Woche weiter. Sie hatte bereits erhöhte Temperatur und schlief schlecht. Sie hatten ein grosses Heulager, das war alles, neben ein paar Wolldecken. Thérèse tauchte einmal kurz auf und gab ihr das Gästezimmer.
Jeden Morgen fuhren sie schon wieder früh vor sieben Uhr hinauf in die Reben, und der Traktor tuckerte mit ihrem Leiterwagen den Hang hinauf.

Der letzte Abend

Am Abend sassen die Winzer beisammen und schwatzten viel: «Das gibt kein gutes Weinjahr», meinte der Eine. «Ach was, das ist doch Unsinn, die Trauben hatten viel Sonne», fuhr einer dazwischen. «Aber viele sind erfroren». «Ach was, Trauben frieren nicht», lachte der Nächste. Es war ihr Tischnachbar. «Wenn du eine Grappe vergisst, musst du dem, der sie findet einen Kuss geben!». «Ich küsse nicht». Ihre Laune war am Boden. «Dann wirst eben du geküsst», «Nehmt euch nur in Acht!» »Ha, ha», lachten sie.

Sie stand auf und ging auf ihr kleines hübsches Zimmer. Es war ein sehr gemütliches Bauern-Zimmer mit einem hohen Holzbett und karierten Decken und Kissen, wovon die einen mit Lavendel gefüllt waren. Hier konnte sie sich wieder etwas erholen von dem anstrengenden Tag. Bis jetzt hatten sie noch keinen sonnigen Tag gesehen und sie dachte langsam ans Heimgehen. «Bis Samstag warte ich noch, dann hau ich ab hier», entschloss sie sich..

Sie hörte wie jemand auf einem Blasinstrument spielte, es kam von draussen: «La haut sur la Montagne, était un Vigneron». «Wenigstens das», dachte sie, während sie in ihrem warmen

Bett lag und nicht schlafen konnte. Jetzt dachte sie nach, wie sie hier wegkommen sollte. Nachts stand sie immer auf und schaute ins Tal hinunter um zu sehen wo die Züge vorbeifuhren, oder wo sie hielten. Bald wusste sie es vom Geräusch her. Der Zug pfiff immer bei der Abfahrt und das hörte sie genau.

Am Samstag Abend sassen alle in der Stube versammelt, und plauderten laut und fröhlich miteinander. Die Stube war gut geheizt, sie tranken viel Wein. Draussen war es kalt. Da ging sie die Stufe hinauf und trat ein zu ihnen. Jean-Claude sass da neben seinem Vater, auch so ein hässlicher Typ. Sie fasste sich zusammen: «Ich gehe, und ich möchte meinen Lohn!» erklärte sie kurz. «Den Lohn willst du? Hier gibt es keinen Lohn, die Winzer hier tun das alle gratis, weil es ihnen Freude macht und sie das ganze Jahr darauf warten, dass sie wiederkommen dürfen. Ist doch so, ihr tut es doch aus Idealismus?» frage er in die Runde. Alle brummten etwas und nickten mit dem Kopf der ihnen schon schwer wurde vom Wein.

Sie kehrte sich auf dem Absatz um und rief zornig: «Dann gehe ich eben ohne!», verschwand in der Türe und knallte diese zu. Sie wusste jetzt ungefähr wo sie den Zug erreichen würde, doch wie lange sie hätte bis sie unten war, das wusste sie nicht. Aber sie rannte, und rannte. Ihre Orientierung war richtig und sie erreichte atemlos den kleinen Bahnhof. Er hatte nicht einmal ein Stationshaus oder ein richtiges Perron. Aber der Zug kam an und sie bestieg ihn eilig. Während der Fahrt konnte sie das Billet lösen und der Kontrolleur machte keine Umstände, denn eine andere Art, hier zu einem Billet zu kommen gab es damals noch nicht.

In Malley stieg sie aus und schlenderte zu Cordey hinauf. Den Schlüssel hatte sie wohl verwahrt. So schlich sie leise in die Wohnung, horchte mit gespitzten Ohren, aber es war niemand da. Sie ging ins Zimmer der Kinder und schaute über die Kleinen in ihren Bettchen, und sah sie schlafend und ruhig. Leise verliess sie das Zimmer wieder und auch sie suchte ihre Ruhestätte auf. Sie schlief sofort ein und träumte wildes Zeug.

Einmal in der Nacht, etwa um zwei Uhr, hörte sie den Schlüssel im Schloss drehen und so wusste sie, dass die Tür zur Wohnung geöffnet wurde.

Am nächsten Morgen stand sie schon früh auf und sah nach den Kindern. Sie setzte Kaffee auf und dann erschien auch der Patron. Es war Sonntag.

Er setzte sich an den Tisch: «Schon wieder da?». Dann läutete das Telefon. Er ging hin und kam wieder zurück: «Sie haben nach dir gefragt». Sie schwiegen beide. «War wohl nichts für dich. Ehrlich, ich würde auch nicht dorthin gehen und an einem solchen Türk mitmachen».

«Es war eiskalt!» stiess sie hervor.

«Willst du heute mit mir nach Evian kommen? Die Schiffe setzen immer noch rüber».

«Oh ja, aber gerne, und die Kinder?» «Paul-Alain wird schon aufpassen, und wir gehen nur für eine Stunde. Um 10 Uhr öffnen sie das Casino, um 11 Uhr werden wir schon dort sein. Nimm deinen Pass und mach dich bereit» «Und sie werden spielen im Casino?» «Ja, aber nur kurz!»

«Das möchte ich auch lernen».

«Das kannst du leider noch nicht, denn du hast noch nicht das nötige Alter dazu! Wie alt bist du jetzt?»

«Ich bin sechzehn, aber im November habe ich Geburtstag, da werde ich siebzehn!»

«Mit siebzehn fängt das Leben erst an, aber das genügt auch nicht, du musst achtzehn sein!»

«Könnten sie nicht etwas drehen an der Uhr?»

«Meine liebe Kleine, das kann kein Mensch, aber du kannst in der Zwischenzeit in einem Café auf mich warten. Dort kannst du ein besseres Eis schlecken als in der Fruit-Bar». «Und die Französischen Francs, ich habe keine». «Ich geb dir welche, zieh dich aber warm an, vielleicht möchtest du auch etwas spazieren».

Als sie am Quai von Ouchy ankamen, fuhr eben das Schiff ein. Das Wetter war wunderschön, wenn auch nicht mehr warm, und sie stiegen ein.

Dann suchten sie draussen auf dem Schiff einen Platz.

«Was mir noch in den Sinn kommt: während deiner Abwesenheit kam eine Karte für dich aus Genf». «Oh, von wem?» «Weiss ich jetzt nicht, meine Frau hat sie in Verwahrung genommen. Und François hat sich nach dir erkundigt. Er fürchtete schon, dass du abgereist seist.»

«War die Karte von einem Fotografen?» «Weiss ich auch nicht.

Auch muss ich dich bitten, in Evian keine Kontakte anzuknüpfen, also keine Adresse von dir weiterzugeben. Rede nicht mit den Herrn dort, einverstanden?»

«Ja, ja, ich gebe mein Ehrenwort.»

Bald sahen sie das Ufer von Evian-les-Bain.

«Das sieht aus wie eine Konzerthalle», sagte sie als sie von weitem das Casino sah.

Dann standen sie davor: «Hier kann man sehr viel gewinnen, oder alles auf einmal verlieren. Also, warte hier auf mich wie abgemacht. Geh spazieren oder in ein Café, wie du willst. Genau in einer Stunde werde ich wieder hier sein».

Sie schaute ihm nach, wie er zum Eingang schritt und darin verschwand.

Sie schlenderte in Gedanken versunken durch die Boulevards. Sie war zu unruhig, um sich sogleich in ein Restaurant zu setzen. «Er wird gewinnen, er muss gewinnen, es kann gar nicht anders sein»,
so hoffte sie in ihrem Herzen. Es gab schon viele Passanten in der Strasse. Sie hatte das Gefühl, von jemand beobachtet, und verfolgt zu werden und drehte sich um. Da sah sie den gleichen Herrn, den Diplomaten, der sie in Genf angesprochen hatte.

«Hallo Myriam», hörte sie ihn rufen. «Ich darf ja keine Kontakte mehr anknüpfen», ging in ihr vor. Sie lief weiter.

Dies ist das dritte Buch von:

Erica-Laurence Schneeberg

Im Verlag BoD:

- Der Musiker & seine Begleitung
- Alles ist schwer
- Die Jukebox

Quellennachweis:

Photos:
Jukebox Filben Maestro by Joe Mabel,
Jukebox Devassa by BemLoira,
Jukebox Fifties, Grafik by Paul Sherman
Die Fotos sind freigegeben, ich habe keine anderen
Hinweise gefunden.